TOUTE SEULE

DU MÊME AUTEUR

Mangés par la terre, Les Éditions du Sonneur, 2017
Voyage ordinaire en Sévétie, Gwen Català éditeur, 2016
Les Jeûneurs, Publie.net, 2014 ; Gwen Català éditeur, 2017
Off, Pierre-Guillaume de Roux, 2012
La Vieillesse de Peter Pan, Cherche Midi, 2006
Où est-il cet amour, Calmann-Lévy, 2001
Herbert jouit, Calmann-Lévy, 1999
Pulsion, Zulma, 1996
Un long baiser, Manya, 1993

Clotilde Escalle

TOUTE SEULE

Avec mon
salut
amical !

Quidam éditeur

TOUTE SEULE

ISBN : 978-2-37491-147-2 / ISSN : 1779-7888
Dépot légal : octobre 2021

www.quidamediteur.com
Diffusion-distribution : Harmonia Mundi *livre*

Conception graphique de couverture : Hugues Vollant.
Illustration de Claire Dubois-Montreynaud.
Le logo est de Mœbius que nous remercions de sa générosité spontanée.

À Jacques

PRÉFACE

Toute seule est un livre d'une force rare, comme il y en a bien peu dans la littérature française d'aujourd'hui. Dès la première phrase, tout est là : âpreté, sens du détail, puissance, justesse : « La noirceur des âmes, la pauvreté et l'humiliation, tout est enfermé là-dedans, et la langue le suce ». L'héroïne a perdu ses dents. Elle ne peut plus sourire. Image, d'emblée, de ce texte qui ne sourit pas. Oui, tout est enfermé dans ces pages, trituré par cette langue qui revient sans cesse sur la blessure, et comme l'héroïne nous souffrons de ce vide, de ces dents absentes, comme elle, nous remâchons sa déchéance.

Bien sûr, c'est une œuvre « sociale ». Nous sommes chez les « sans-dents », au cœur de cette France des bourgs de province qui agonise. Les laissés-pour-compte, les cas sociaux, les assistés. Mais la force de Clotilde Escalle consiste d'abord à ne pas noyer son récit dans le collectif. La solitude n'est pas collective. La souffrance est d'abord la souffrance de quelqu'un. Surtout, aucune commisération, aucun dolorisme facile. Les personnages de ce récit ne sont pas sympathiques, il n'y a pas de victimes, pas de coupables. L'héroïne se défend contre l'apitoiement, par sa dureté, sa méchanceté. Les phrases tranchent dans le vif comme des lames. C'est la seule manière de respecter la souffrance et, peut-être, d'accéder à quelque chose de difficile, dont la vérité est toujours masquée par toutes sortes de faux-semblants, qui s'appellent l'empathie.

La fausseté est incarnée dans le livre par un personnage : un écrivain. Un boutiquier de mots et de culture, avec sa condescendance et son optimisme, sa conviction que tout peut être sauvé et prendre sens par la littérature. L'héroïne résiste à la tentation d'écrire à laquelle il la soumet. Elle ne se paye pas de mots. Elle a déjà donné. Mais la tentation est là, trouver les mots qui parviendraient à dire le réel dans sa dureté, son inflexibilité.

L'essentiel du livre, c'est le huis clos, fait de haine, d'attachement, de mépris, entre l'héroïne et son compagnon, un peintre raté pour qui elle a posé, et qui arrive à la fin de sa vie. Tous deux figurent une version dégradée du couple de l'artiste et de sa muse. Mais il y a, dans leurs échanges amers, une réflexion tendue sur la création, sa possibilité, son sens. L'écrivain, de son côté, prononce un mot qui devient une ritournelle dans la tête de l'héroïne : ontologie. Ontologie ? ça ne veut rien dire, encore un mot prétentieux, qui sert à masquer les choses. « Ontologie ou fraise tagada »... Et c'est peut-être le fin mot de ce texte qui n'est en définitive social que par surcroît. L'écrivain, l'artiste en fin de vie, la femme qui ne cesse de marcher pour simuler une fuite du réel, mais aussi pour le penser, véritable péripatéticienne au sens propre, pute et philosophe, constituent autant d'instances de la conscience qui se confronte au vide et le détourne, l'oublie, l'occulte. Le vide est ce qui fait miroiter l'être. Ce scintillement fragile s'appelle le temps, la perte. La péripatéticienne, des trois, est celle qui va au plus près de ce vide, mais reste incapable de le dire. « Ontologie ou fraise tagada », dit-elle. « Ontologie ou pompe à essence. » Formules bêtes, mais celles des mystères d'Éleusis l'étaient aussi. L'être ne s'approche que de biais, dans l'insignifiance, la non-valeur. L'expérience peut coûter cher. Peu de livres en rendent compte avec une telle justesse.

Pierre Jourde

Ça se présente comme une excroissance, de la pierre qui aurait poussé pour compenser le vide en face qui paraît immense. La noirceur des âmes, la pauvreté et l'humiliation, tout est enfermé là-dedans, et la langue le suce. La mâchoire inférieure de travers, on ne s'en aperçoit pas tout de suite. La femme met la main devant la bouche, on se demande pourquoi, puis on voit, sitôt qu'elle oublie ce que la main doit masquer. La mâchoire inférieure vidée ou presque, des dents au fond, du côté gauche semble-t-il, la vision échappe, des dents marron hérissées en crêtes, rien de l'autre côté, rien non plus sous la lèvre. Malgré la main qui cache, elle tente un sourire, quelque chose d'avenant, que ses yeux noirs démentent aussitôt, regard abîmé, vertige dans lequel elle pourrait nous entraîner. Les ongles sales, décoiffée, elle est plutôt jeune. Enfin jeune, la quarantaine passée. Mais si on regarde l'homme apeuré, maigre et tremblant à ses côtés, un débris, alors oui elle paraît jeune. Jeune et méchante.

Elle pousse le vieillard à l'intérieur, ferme la porte.

— Oui, c'est lui qui peint.

Elle dit ça, la main sur la bouche. Des toiles sont collées contre l'ancienne vitrine. Autrefois c'était une boucherie, on le devine aux lettres à moitié effacées et au rouge sombre passé des murs. Derrière l'une des peintures, dans un coin de la vitrine, un père Noël se tient debout, sourire de celluloïd et chevelure cotonneuse éteints.

— J'en ai beaucoup à l'étage. Qu'est-ce qui vous intéresse ? Des natures mortes, la mer, du paysage ?

Elle a bien dit « du paysage », comme on dirait « du jambon », « du pain ».

— Du paysage qui vaut entre vingt et trente euros, ça dépend du format.

Les chiens à l'intérieur, trois sales chiens dont deux caniches noirs, se jettent contre la vitre, bavent, la rayent de leurs griffes.

Des passants, sortis de la messe – oreilles propres, vêtements impeccables et résistants, la bonne qualité qui dure des décennies, toile et laine sans chichis mais confortables –, marchent d'un pas tranquille et les saluent, sourire chrétien aux lèvres. Ils passent lentement, en quête d'un détail, avides de cette lèpre à laquelle ils sont étrangers, l'hypocrisie de la compassion sur leurs joues roses, la nacre des ongles amollie par l'eau bénite. Un hochement de tête, un bonjour timide, un écart. Derrière les sourires, ils toisent la femme dans sa robe de chambre crasseuse bleu ciel, ses pantoufles usées. Curiosité, mépris.

Elle ne les regarde même pas.

— Qu'est-ce que vous aimez ? Je descendrai les tableaux demain. Vous passez demain, et je vous en donnerai deux. À vingt ou trente euros pièce.

— C'est le monsieur qui peint ?

— Oui, c'est lui. Il partira bientôt. Mais il a beaucoup peint, on a de la réserve. Alors, qu'est-ce que vous voulez ?

Ses dents sont à présent découvertes. Des chicots, mais c'est surtout cette surélévation de la mâchoire inférieure, dans le fond, du côté gauche, qui étonne : une herse de dents cariées qui semblent vouloir sortir de là.

Les chiens cognent contre la vitre.

C'est dans l'une des rues principales de Pierzy, là où tout est à l'abandon ou presque, à part une demeure bourgeoise qui vient d'être restaurée et la boulangerie – trois baguettes pour le prix de deux depuis qu'une autre a ouvert à l'entrée du bourg sur la nationale. Un bourg sacrifié, c'est d'ailleurs affiché à l'entrée. Au lieu de l'habituel « BIENVENUE », « VOUS ENTREZ DANS UN BOURG SACRIFIÉ ». Le centre des impôts va bientôt être transféré, au moins trente emplois sauteront.

Le vieillard tente une nouvelle sortie. Il piétine, tremble, apeuré. Les chiens se sont calmés.

— Rentre ! On fait affaire !

Amants maudits. Enfin, quand le vieux pouvait encore. Elle ne le dit pas au couple, mais ils l'ont deviné. Il fallait avoir plein de pâquerettes dans la tête pour ne pas voir que ça finirait mal. Lui, l'artiste, ancien cheminot à la retraite, un pinceau à la main, à peinturlurer fleurs et chiens, copier les images des magazines, et sa donzelle qu'il tabassait. Avant de devenir maigre et vieux et tout rabougri.

Bien fait. Fallait pas jouer au joli cœur.

Parfois quand ça se castagne à l'étage, le vieux dévale les escaliers. La dernière fois, il a été bon pour l'hôpital. Elle ne le supporte plus. Crie qu'il ne peut plus rien, ni tenir un pinceau ni autre chose. Crie que ça la démange de le rouer encore plus de coups, derrière les rideaux en macramé anciennement blancs, tout aussi boueux que la pièce du rez-de-chaussée – faut oser imaginer l'étage.

Plus bon à rien, le vieux.

— Il va mieux, dit-elle, comme pour rassurer les visiteurs. Mais on se connaît pas ? On s'est pas déjà vus ?

— Si, répond Louise.

— C'est vous qui êtes déjà passés ? Vous vouliez acheter une peinture ? Je vous ai dit de revenir le lendemain, le temps que je les descende ? Et vous n'êtes pas venus ?

— Si, mais vous n'étiez pas là.

— Et là, c'est quoi qui vous intéresse ?

Toi, a envie de dire Louise. La manière que tu as de jaillir dans la vitrine en soulevant les rideaux, tel un diable de sa boîte, pour nous attraper au passage. Tes yeux de folle, cette douleur au fond. Le vieux que tu maltraites. Toute cette misère qui se réveille chaque jour et dans laquelle tu es bien obligée de vivre. Ce n'est pas de la curiosité, ni même une obscénité à me repaître de ton malheur. Non. C'est que j'ai l'impression d'avoir eu un temps ton regard. Il y a eu ça aussi chez ma mère. Toi ou moi, c'est pareil, sauf que pour moi ça s'est rééquilibré, et puis je n'ai pas perdu toutes mes dents ou presque.

— C'est que j'étais partie là-haut, dit la femme en désignant une rue qui monte. Jambes maigres gainées de coton noir, sous la robe de chambre.

— Nous aimons les natures mortes, les paysages.

— J'en ai au moins deux cents. Le vieux a peint au kilomètre. Je vends tout.

Ladier, est-il signé sur les tableaux posés contre la vitre, à l'intérieur. Ladier, en lettres rouges appliquées.

— Rentre, je te dis. Rentre plus vite que ça.

Le vieux s'excuse hypocritement, regarde le couple de visiteurs d'un air entendu et implorant.

— Allez, allez, je fais affaire avec ce monsieur et cette dame.

— Nous reviendrons, plutôt.

— Sûr ? Je vous descendrai les toiles. Il y en a beaucoup, beaucoup. À la prochaine, alors ?

—

Louise et Xavier s'éloignent.

— Il faut me comprendre, dit Louise. Je te le répète, ce n'est pas de la curiosité. C'est pire. C'est de la douleur. Sa façon de surgir, pas coiffée, pour accrocher notre regard, son regard de folle, me font mal. Ça fait mal et ça fait peur. En aucun cas pitié.

Sortie se promener.

Si elle le pouvait, elle emporterait toutes les toiles, trouverait un autre magasin abandonné, une vitrine plus propre, la vieille épicerie ferait l'affaire, sa devanture bleue, les stores crème, ça irait avec la signature du vieux Ladier. Elle se mettrait à son compte. On pourrait même dire que ce serait un genre de galerie, avec une entrée pour les visiteurs, les peintures en devanture et aux murs, elle au rez-de-chaussée, comme maintenant, à guetter le client. Un magasin plus propre et sans le vieux. Elle n'en peut plus de ses piétinements et de ses airs de pauvre chien qui ne sert à rien et qui mange par-dessus le marché, alors qu'il est inutile, son riz froid à pleines plâtrées – terminé le temps des gâteaux. Compte pas sur moi pour une tarte aux pommes ou un opéra. Elle les nomme – ce sont ses préférés – pour le voir saliver, lèvres luisantes, pointe de la langue, elle pourrait presque s'attendrir, à cause de son museau tout blanchi de vieux renard. Pas fière allure le cheminot peintre, dit-elle pour l'enfoncer davantage dans la boue du décor. Opéra et tarte aux pommes qu'on ne me vendrait pas de toute façon, console-toi comme ça, la boulangère ne voudrait pas que j'entre dans sa boutique et que j'aille jusqu'à la caisse – pour vivre chez nous, il doit falloir un masque à gaz. Elle l'a dit devant moi, la fausse blonde aux yeux bleus et aux trois brioches pour deux euros. Elle dit aussi que tu m'as amenée là, elle renseigne les curieux, un père et sa fille croyez-vous, oh que non, des amants. Enfin, chacun fait ce qu'il veut, du moment que ça reste chez soi. « Ça », tu te rends compte, elle dit « ça » pour parler de nous.

Elle se cause. Ma belle jouvencelle aux dents en allées, une de partie comme ça, tombée de la gencive, puis un mois après, une autre. T'as peut-être envie de ressembler au vieux à force de vivre avec lui. Eh bien, qu'il dégage ! La moitié de la mâchoire soudain vide, la langue là-dessus, peau lisse et douce du nouveau-né, la langue faisant désespérément le tour du propriétaire. Les nerfs et la peur qui grandit face au miroir. T'as de beaux yeux encore et un beau bout de nez, un nez qui n'a presque pas bougé depuis l'enfance, une petite boule au bout, une drôle de petite boule, elle te vient du grand-père aux origines grecques, un maçon de rien du tout, et le père, employé à la cimenterie, puis peintre, surtout peintre d'église comme on lui aurait fait l'aumône, et toi, eh bien rien, à part la peinture du cheminot et tes séances de pose.

Vas-y, mets-toi à poil. Suffit pas que t'aies de la beauté, faut que le corps trouve son rythme.

Beauté, rythme, corps. C'était le bon moyen de s'en sortir – même si avant la pose il l'honorait, vieux dégueulasse, et qu'elle s'asseyait ensuite, mouillée de leurs ébats. Ça lui plaisait à lui. Cheminot, ça gagne bien et puis c'est retraité tôt, alors ça fera un bon peintre, il s'y mettra, on sera riches, on n'attendra pas. C'est ce qu'il disait, je n'attendrai pas de mourir pour être Van Gogh, moi.

Van Gogh de mes fesses.

Des tournesols ramenés à la maison, nue la plupart du temps, le grain de la peau au bout du pinceau, qu'il disait – pour ça, il en avait du vocabulaire. De la petite fourrure de lapin mort accrochée à un clou, et puis il disposait en dessous, sur le buffet, des pommes et des patates, des coquelicots vite crevés – ça l'avait frappée, le coup des coquelicots. Pourquoi tu te donnes cette peine, qu'elle lui avait dit, tu sais pas que les coquelicots ça fane dès qu'on les arrache ? Justement, ça fera plus vrai si j'arrive à copier les plis.

Le désappointement avait commencé là. Il n'avait pas su reproduire les coquelicots, et elle sur la toile ce n'était pas comme dans le miroir, et le lapin pendu à son clou avait l'air ratatiné, et tout ça pourrissait dans la pièce – selon la grande tradition.

Elle lui caressait encore la nuque, au vieux, en ce temps-là. Il leur arrivait d'aller dîner à l'Auberge de la Fritière, une bonne bouteille, un petit dessin sur un coin de la nappe en papier. Tiens, voilà le peintre et sa donzelle. On les accueillait avec des rires francs, pas encore des moqueries, elle avait à peine une dent qui manquait dans le fond, et surtout elle dormait bien alors, la peau toute gonflée d'eau, le corps plein, pas étonnant qu'il ait voulu la peindre.

Reste plus que le bout du nez et la couleur des yeux, sinon je ne me reconnais plus.

Elle est sortie marcher pour ne plus l'entendre geindre. Moi aussi, figure-toi, j'aimerais bien une tarte aux pommes, Van Gogh à la noix. Faudrait qu'il peigne un peu encore, puis elle le jettera dehors, elle le noiera, elle lui fichera un coup de carabine, elle l'égorgera avec un piège à renard, elle fera gicler le sang de ses tubes de peinture, elle lui fera bouffer toute sa couleur de merde mélangée à de la Javel, et ses poires pourries et son lapin décomposé.

Il lui a fait le coup de la nature morte trois ou quatre fois. Il se réjouissait de voir les grosses mouches violettes tourner autour, de grosses taches tenaces sur la toile, de la mouche écrasée oui, le lapin acheté à bas prix puis écorché, mort depuis une dizaine de jours – comme Géricault, tu comprends. Géricault, elle ne savait pas qui c'était, là encore toute timide et complexée. Elle était allée à la bibliothèque voir qui c'était ce Géricault : il s'approvisionnait en cadavres à la morgue. Faudrait tout de même pas penser à me voir morte et à me garder dans la putréfaction, elle avait ri à moitié. Avec presque toutes mes dents… pense-t-elle en marchant pour aller nulle part, simplement pour ne plus l'entendre, et pour chasser cette peur au fond d'elle, cette peine aussi.

Peur comme pendant les nuits d'orage, les éclairs en vrac. Fenêtre laissée grande ouverte, l'été, avec le désir de la foudre dans son lit, qui la transformerait en une boule rouge, rouge dans lequel le vieux serait foutu de tremper son doigt pour écrire partout sur les murs et les draps « Ladier ».

Vieux con dégueulasse, vieux crevard.

Elle crache par terre de rage et marche, marche.

Pas d'amis, seule au monde, avec ce vieux qui serait capable de l'enterrer, palpitations et cœur épuisé de jouvencelle déçue, dents pourries, paraît que ça va droit dans le sang la pourriture, tout baigne dans le sang, depuis la racine des cheveux jusqu'à la nacre des ongles.

Il avait fallu chasser les milliers de mouches qui naissaient chaque jour. L'hygiène publique était venue, la boulangère les avait alertés. Là-dedans les agents avaient fait leur boulot, jeté tout dehors sauf les meubles.

La prochaine fois, ne vous avisez pas de peindre des bêtes mortes. C'est toxique et ça nuit au village qui vit en partie du tourisme. Vous avez entendu ? Vous seriez en pleine campagne, on s'en ficherait, mais là c'est une question d'hygiène, vous avez une boulangerie en face tout de même.

Rires des agents devant les peintures.

— C'est vous, madame, là ? Oui, oui, la considérant de la tête aux pieds et en se poussant du coude, c'est à peu près ça.

Ils ne pouvaient s'empêcher de rire, de mordre avec leurs mots et leur mépris.

À peu près ça, cette chose toute tordue qui baignait dans de la couleur à l'huile.

Idéal de beauté, qu'il lui disait, le vieux.

Toute seule, enragée et inquiète, la nuque lourde, tendue, les muscles des jambes tétanisés, raidie de toutes parts, le corps grandi comme un ressort allongé pour ne plus avoir à rentrer dans cette vie.

Où chaque chose se défait.

Finies les natures mortes. Finis les nus, elle ne voulait plus poser. Cinq ans. Cinq ans donnés à ce cheminot qui aurait pu être son père, pour qu'il lui apprenne comment vivre décemment, avoir un peu d'argent. Elle allait à la bibliothèque, en rapportait des livres d'art. Avait vraiment l'impression de s'instruire, en retirait un plaisir immense. Le vieux lui commentait les images, masses de vert, de bleu, ligne d'horizon et perspective, transparence des glacis, qu'il disait. Avant qu'il ne se mette à copier des reproductions de peintures et les photos des rares séjours qu'ils avaient faits à la mer. Des images trop sages. Elle qui n'y connaissait rien, elle voyait tout de même que son vieil amant n'était bon qu'à être cheminot, sa vie déjà derrière, menaçant de la tirer avec lui.

Elle s'était mise à perdre ses dents.

Miroirs fêlés.

Plus rien que des magazines récupérés dans les poubelles, pour des images qu'il copiait de moins en moins bien. Jusqu'à ce qu'il ne veuille plus peindre et qu'elle ne lui prépare plus ses repas et qu'elle récupère trois chiens pour la garder – puisque tu ne sers plus à rien et que j'ai peur.

Peur des gens du village.

Même quand elle marche, elle n'est pas tranquille. Les gens se retournent, des voitures ralentissent. Il y a si peu à voir par ici, la voilà qui sert d'attraction. D'ailleurs elle ne marche plus si souvent à la tombée de la nuit.

Avec cette fatigue et la blancheur du ciel venue coller à la saleté et à la vieillesse. Venues coller à elle, qui va vite se coucher. Tremblante dans le lit, elle si dure – comme dit le vieux –, elle invoque la protection des anges. Car au fond de la nuit on ne peut pas devenir une petite femme toute maigre et bientôt âgée, qui se demande qui elle est, ce qu'elle fait là.

Elle rêve d'eau, de beaucoup d'eau pour nettoyer tout ça.

Même son gros chat nounours gris n'a pas su la protéger des mouvements de l'âme. Son gros chat perclus de rhumatismes. Qu'en espérait-elle ? Qu'il lui délivre le secret de la vie et de la mort ? Le chat de Colette, avait dit le vieux, toujours avec ses références à la con. Ne courait déjà plus à la bibliothèque, n'avait pas envie de savoir qui était Colette, rien à foutre de Colette, quoiqu'il paraît qu'elle aimait les chats, mais fiche-moi la paix avec ta petite science de rien du tout. Tu la ramènerais pas avec ceux qui auraient des lettres, tandis qu'ici c'est facile. Ta gueule. Laisse-moi tranquille.

Elle s'est toujours arrangée, depuis son premier chat, pour avoir une vieille peluche sur le lit, qui aime les nouilles au beurre et prend si peu de place qu'elle est comme seule, juste la place de l'enfance qui l'accompagne. Elle s'est toujours arrangée pour voler un de ces vieux matous qui ne bronchent pas, pour le laisser dormir à ses pieds, pas plus d'un à la fois. Et s'il prend la poudre d'escampette, pas difficile d'en trouver un autre, un qui ressemble au tout premier, le chat adoré. Un qui la réveille le matin, langue râpeuse sur le visage, pâtée à 1,80 €, la meilleure qu'elle puisse trouver au supermarché.

Elle s'en va rôder près de la pharmacie. Elle pourrait en faire le tour vingt, trente fois. Elle pourrait s'affamer en échange de bons vrais somnifères qui l'abattraient sur l'oreiller jusqu'à la langue râpeuse. Elle donne ses trois euros six sous contre ce qui fait dormir sans ordonnance. Et ne dort pas. Le refile au vieux, vingt comprimés écrasés dans le riz, il ne crève pas. D'ailleurs vaut mieux pas. Sans sa retraite – vive le rail, vive le rail ! chantonne-t-elle en souriant et en se moquant légèrement d'elle – elle n'irait pas loin. Quelques euros pour encore un peu de peinture. Elle lui a réduit les formats, lui achète désormais de l'aquarelle en godets pour les enfants, rayon fournitures scolaires à Auchan, caddie à moitié rempli pour le mois. Les grosses dondons la regardent avec des yeux mous et ronds quand elle flâne dans le rayon des produits bio, elle n'en a pas le droit, voyons ! Les pauvres, c'est plus loin, là où il n'y a pas d'emballages, deux ou trois étagères pour eux seuls.

Et un livre d'amour. Du frisson, du coup de foudre, un sauvetage, un livre pour se sortir de la boue du quotidien. Puis son chariot tiré jusqu'à la maison. Et là, plus le courage de rien, à part celui de mettre sa robe de chambre et de hurler sur le vieux, de le taper parfois, pas grand-chose, l'humiliation des misérables, un petit coup contre les tempes, sur les yeux, dans le nez, surtout au sommet de la tête, pour qu'il la craigne. Sa tête dodeline, il tremblote et dit qu'il veut peindre. Le désir de lui faire plaisir, alors qu'elle n'a plus de patience ni courage. Mais de la peur aussi, à en avoir les intestins noués. En guise de repas, du riz, du riz comme pour les chiens, du Fanta et du chocolat. Du chocolat au lait et au riz soufflé, 2,36 €, la poignée de pièces, les yeux fermés sur le sucre qui fond.

— Et si tu écrivais à l'État pour qu'on révise ta pension, vu que tu m'as à charge ?

Elle rôde à présent près des poubelles du Coccimarket. Coccimarket, c'est débile comme nom, la coccinelle et le marché, la coccinelle porte-bonheur et l'argent, le bonheur et... Une salade à croquer lui renforcerait les gencives. Une salade et des pêches, des pêches un peu jeunes et acides dont le goût remonterait dans le nez. Rien dans les poubelles. Elle tâte le fond de sa poche, entre dans le Coccimachin, direct au rayon fruits et légumes, scarole et pêches un peu dures. Combien ? Non, je vous rends une pêche. 3,20 €, la scarole et la pêche contre la poitrine. Le temps de sortir, ni bonjour ni adieu, ce serait plutôt dégage. Elle n'a pas honte. Plus honte de rien, sauf avec les deux qui se sont arrêtés devant les peintures en vitrine et ont demandé si elles étaient à vendre. Là, tout lui est revenu, la beauté des jours prometteurs quand elle faisait l'amour avec le cheminot, la petite voiture électrique, les auberges au menu unique, la pêche au bord de l'étang, tout ça dans le coin. Ils vivaient dans une cabane en bois – le rêve de nature et de peinture – puis la cabane avait pris l'eau. En tant que cheminot, on a droit à mieux, avait dit le vieux. Cheminot par-ci, cheminot par-là, que ce mot à la bouche, on savait qu'il y était arrivé, le vieux, qu'il s'était fait une carrière. Et puis il faut qu'on voie MES PEINTURES. Ils avaient loué la boucherie qui venait de fermer. Et le cheminot était devenu un vieux con, un poids, un boulet à godets d'aquarelle, les images recopiées toutes de travers. Si au moins les tremblements lui avaient donné du style. Avec un fond de plus en plus vide, comme un long silence.

Il n'y a que la marche pour calmer tout ça.

Il doit l'attendre, assis de travers dans son fauteuil en skaï beige.

Aller au bout de soi, du vertige et des sursauts, des apnées, de la ronce qui s'accroche aux yeux, de la petite liqueur d'angoisse à siroter du matin au soir, des pieux dans le cœur. Toutes ces promesses d'avenir jetées par la fenêtre, les bonnes notes à l'école et le petit tablier rose, la peur des punitions et toute cette fatigue déjà à bien tenir son stylo qu'elle serrait trop fort. Plus de souci, elle n'écrit plus. Non, ma vieille, pas le moindre mot à griffonner, ni même une liste de courses. Pour qui ? Pour quoi ?

À un moment tout de même, à bout de rancœur, elle s'arrête. Une étincelle. Elle a senti un fil, un mince fil partir du cœur pour l'homme de la droguerie, récemment arrivé, qui ne sait peut-être rien d'elle encore. Pas qu'il soit beau. Mais un gros ventre qui rassure, une grosse figure, de la bonne chair un peu partout, avec un bon sourire hypocrite de commerçant qui roule ses clients. Les étiquettes des prix toutes fraîches, un ou deux produits par série, et on monte et on baisse les tarifs, on fait yoyo avec les petites vieilles qui ne conduisent pas et achètent dans le quartier, ainsi que sur le marché, les légumes pourris qui traînent, arrivés depuis longtemps de Rungis, elles qui n'ont plus la force de cultiver leur potager – autrefois les tomates avaient du goût, et les concombres, mon Dieu, les concombres ! Gros et avenant sous sa mèche noire, quand elle entre dans la boutique. Avenant, avec du vice et un brin de méchanceté dans le sourire, du genre on va passer du bon temps, ma petite ! Et elle, en réponse au sourire, elle en esquisse un petit, bouche plissée, puis elle la desserre légèrement, comme pour dire oui.

— Vous désirez ?

— Un escabeau, peut-être.
— Le voici, c'est mon dernier, une affaire.
— 60 €, c'est beaucoup.

Le fil du cœur cherche à entrer dans le cœur de l'autre, le regard en épingle, des yeux encore plus noirs pour l'impressionner. Elle l'imagine la défonçant, défonçant le lit, faisant exploser le plancher, bouffant le vieux puis creusant un trou dans la cave pour l'y mettre, avec ses os tremblants de moineau. Le magasin est propre. Les toiles du vieux à côté des pots de peinture, ça pourrait coller.

— Alors, ma petite dame ?

Sous la mèche, toujours ce regard un peu vicieux.

— À la Scan, l'escabeau, ils le vendent la moitié de votre prix.

Le voilà qui se rembrunit, un petit sourire cependant toujours accroché au coin des lèvres.

— Vous voyez où il était, l'escabeau ? Eh bien, replacez-le. Oui, repliez-le et mettez-le contre le mur. Si vous croyez que je vais le faire pour vous.

Honte soudain de ses pantalons troués. Petit fil vite rembobiné.

— Et ne croyez surtout pas que je vais vous faire un cours sur la grande distribution et la mort des petits commerces ! Autant aller à la pêche !

— C'est comme ce bidon de cire, poursuit-elle, le fil de l'amour emberlificoté dans la tête. Elle le tient en l'air entre ses mains écorchées et crasseuses, aux ongles noirs. Elle est consciente de son état, c'est peut-être cela le pire, trimballer un nuage de pensées et de cheveux tout emmêlés.

— Où l'avez-vous pris, ce pot de cire ?
— Là, sur l'étagère.
— Reposez-le. Maintenant, combien en voyez-vous ?

— Un seul.

— Voilà, ma petite dame, vous avez devant vous l'exemple même du petit commerce. Un seul produit à la fois. Réassort parfois impossible. Pas de stock donc, la grande diffusion m'assassine.

Elle a envie de lui dire : je vends les peintures du vieux. Si vous m'aidiez, avec les prix que vous pratiquez, moyennant une petite commission, je pourrais voir venir. Mais elle sort sans un mot, sa bobine à amour rangée.

Elle marche, marche. Ne sait plus faire que cela. Comme les héroïnes des romans à l'eau de nénuphar, elle marche. Boum, tombé du ciel ou de son vélomoteur, il lui faudrait un bon gros prince charmant, mais ça n'a pas l'air d'être pour elle. Personne ne viendra jamais pour elle. Imbécile, tu crois qu'on va te prendre dans les bras et arranger ta vie, tu crois qu'on va te servir des plats mijotés et te donner de l'amour pour rien, simplement parce que t'es née. On ne veut pas de toi. Pas même l'arriéré du village, ni le curé pour les confessions. En outre, ici on ne mendie pas, ça ne se fait pas, on se débrouille comme on peut, voleurs de poules et fouilleurs de poubelles.

Quant aux peintures du vieux, ce n'est pas grave si le soleil en ronge deux ou trois en vitrine. Vraiment pas grave.

Voilà que le couple s'arrête de nouveau. Ils jouent avec ses nerfs. Elle passe par la porte de derrière, vite, vite, surgit dans la vitrine comme un diable de sa boîte. Les regarde fixement et même durement. La femme, surtout. Propre, mais pas si bien habillée que ça, la Parisienne au vert, l'air débile de qui prend du bon temps en étant curieuse de tout. Lui, on sent sa réticence à rester là. D'autant plus que le vieux est en train de sortir avec son air de chien pleurard, et que les vrais chiens se déchaînent derrière la vitre. Elle s'en occupe de moins en moins. Ils pissent et chient dans le magasin, bouffent des pâtes et du riz, aiment quand même, aiment ce qu'il faut, ne bronchent pas quand elle rentre, la défendent des étrangers, la desservent aussi finalement. Il leur arrive de réclamer des tendresses. Comme le vieux, il n'y a pas si longtemps. Avant d'aller se coucher, il voulait. Penché en avant comme un bout de bois mort qui menaçait de rompre, bruit des lèvres luisantes de salive pour appeler le baiser, vieux dégueulasse qui espère de l'affection, bruit de baiser comme du papier froissé. Penché devant elle comme s'il n'allait jamais pouvoir se redresser, elle calée dans le petit canapé devant la télé, et lui qui masquait l'écran, qui la gênait avec ses lèvres de papier kraft. Elle finissait par lui tendre le front, sentait la salive rouler sur sa peau, lui disait, va te coucher, s'efforçait de ne pas le regarder se redresser à peine et aller à petits pas vers l'escalier où elle espérait qu'il se casserait la figure ou qu'il n'en redescendrait plus jamais, desséché comme un lézard mort sous le toit, car dans le grand désarroi qu'elle taisait lui venaient des images saugrenues, celle par exemple de la peau du vieux racornie sous les tuiles de Bourgogne. Jusqu'au soir où elle a hurlé : Je n'en peux plus de tes simagrées, casse-toi.

Elle lui parle pire qu'à un chien, et il l'accepte, lui le cheminot au langage fleuri, jadis armé de ses dictionnaires.

Putain de bordel de merde de vieux, tu comprends ça ?

En le voyant sortir, avec sa mine décavée, inutile de dire que le couple a passé son chemin. La femme a quand même eu le culot de lancer : On repassera un de ces jours ! Eh bien oui, t'as qu'à repasser, la bourgeoise qui croit que tout t'est dû et que je t'attendrai là, à faire le pied de grue. T'as pas idée, linotte, de ce que je pourrais te faire. T'avise pas de repasser sans rien acheter. Décide-toi, on verra après.

Elle sort et se remet à marcher.

Et elle entend : On est bien loin de *La Princesse de Clèves* ! Princesse de Clèves, princesse de Clèves. Ils n'ont plus que ça à la bouche, les bourgeois d'en face. Quand il y a vide-grenier, ils sortent des objets propres et presque neufs, du bon goût à l'étalage, genre princesse de Clèves, service en porcelaine, du Gien s'il vous plaît. Ne se gênent pas pour dire assez haut : Un malheur que d'avoir les croûtes de Ladier en face, pour un peu elle les vendrait dans la rue, ah ah ah. Avec ce h si bien aspiré et ce a nœud papillon, car ces messieurs dames s'habillent, alors qu'elle ne se lave pas ou si peu, sent ses poils rasés une fois par semaine la piquer aux mollets le temps de la repousse. Sous ses yeux ça se creuse, preuve qu'elle a du chagrin, c'est un peu violet aussi. Et la peau est fine, en la touchant c'est encore comme de l'enfance qui se balade, du temps où elle était reine de village, petite reine à commune à fleurs, et que ses parents s'en fichaient éperdument. Ce qui ne nous tue pas nous fortifie, ce qui ne nous abat pas nous rend plus braves, enfin tous ces dictons qu'on lui disait pour empêcher les larmes de couler – avec du chocolat et des petits applaudissements.

Une école pour être fleuriste chez le marchand du coin, et ses yeux noircissaient, noircissaient. Elle mangeait les fleurs en tressant les bouquets, on l'a jetée dehors, bon débarras. Mais il y avait toujours une âme charitable pour un carré de chocolat qu'elle suçait longuement, puis après, au lieu de s'essuyer avec le mouchoir de papier, elle le suçait aussi, y déposant de la salive brunâtre, de cette boue qui fait désormais partie de son existence.

Pas habituée à se plaindre, ne se plaint pas. Mais grogne, insulte, marmonne, marche encore et encore, ne traverse pas dans les clous quand une voiture s'arrête et que le conducteur l'incite à passer d'un geste élégant, elle les fera sauter les clous, lui et sa douairière, elle se fige sur le trottoir, rentre sa tête ébouriffée dans les épaules, attend que l'homme se décide à rouler, allez, bon Dieu, allez donc !

Guiboles toutes maigres, des tennis confortables, 2 € au vide-grenier – parce que c'est toi.

Elle marche, marche, pour lâcher la violence qui lui file dans la tête, les avalanches de coups sur le vieux, oeil au beurre noir, bleus éparpillés, de la routine, mais le nez cassé cela a été une autre affaire, qui a presque viré au drame. Elle a eu peur qu'on les lui retire, lui et sa retraite de cheminot. L'assistance publique là-dedans. Il avait fallu qu'elle témoigne de son affection pour lui et qu'elle aille le voir à l'hôpital.

— Visite de courtoisie ? Visite amoureuse ? lui avait demandé ironiquement l'assistante sociale, assise près du lit comme si elle montait la garde, des fois que lui soit venue l'idée de le tuer et qui sait même de l'embaumer. Vous ne l'embrassez pas ?

Elle s'acquittait de son devoir, les larmes aux yeux, et l'assistante, cette imbécile, croyait qu'elle regrettait. C'était simplement la rage d'être dans une cage et de revenir cogner contre le vieux.

— Je lui ai amené de la lessive pour son linge et une poignée de clous de girofle à sucer.

— Parce que vous croyez que l'hôpital fait blanchisserie ? Vous l'aimez tout de même un peu ?

Et le vieux de la regarder fébrilement, la vengeance au bout de la langue. Il suffisait qu'il dise à l'assistante : Placez-moi, elle me maltraite. Il la fixait de ses yeux brillants de vieux lézard éclopé.

— Vous éprouvez, allons bon, de la tendresse pour lui ? Je vous demande cela parce que nous lui avons proposé une place à la maison de retraite, vous savez, le centre social pour personnes âgées en difficulté, et il n'a pas l'air de savoir ce qu'il veut. N'est-ce pas monsieur Ladier ? Il dit que ça dépendra de vous.

Le voilà qui hoche la tête. Sale vieux lézard prêt à déguerpir au moindre mouvement un peu brusque d'elle. Comme elle se tait, il gémit, dit, en désignant le mur au-dessus du rideau : Oh, le beau chat noir ! Il joue la comédie, elle en est sûre. Pssssst ! Viens ici, petit chat noir !

— Vous voyez, il perd la tête. Un vieillard se déshydrate vite. Vous ne vous en occupez pas bien.

Il gémit de nouveau et la regarde si intensément qu'elle en a mal. Elle a l'impression d'avoir du fil de fer à la place des nerfs et une tête hérissée de clous à lui enfoncer dans la poitrine.

— Votre compagnon – l'assistante sociale a hésité à le dire, elle a ralenti sur le mot – a de quoi payer sa petite place. N'est-ce pas, monsieur Ladier ?

Elle lui parle si gentiment, le voilà qui opine du bonnet. Des lames de rasoir à la place des mains et la vision de fleurs de lys. Ouvertes et odorantes comme au salon funéraire.

— Je promets de bien m'en occuper, articule-t-elle péniblement. J'étais sortie chercher du travail. À mon retour il était tombé dans les escaliers.

— Ce n'est pas ce que prétendent les voisins.

Le vieux donnerait presque sa tête à caresser à la sociale à grosse poitrine. Ça doit bien bouffer chez la sociale, il doit avoir la même idée qu'elle, puisqu'il dit :

— Tête de veau sauce ravigote et salade de tomates oignons huile d'olive, un petit vin rosé, merci bien.

Elle regarde par la fenêtre. Il fait tellement chaud dehors que l'air tremble. Et si tout ce qu'ils étaient en train de vivre n'existait pas, les râles des autres malades dans la pièce non plus.

— Vous voyez, dit la sociale, il aimerait ce genre de menu. Ce n'est pas compliqué, non ?

Hochements respectifs des têtes, le vieux, l'assistante, puis elle, il le faut bien.

— Les voisins ne veulent pas porter plainte, c'est une chance.

L'assistante vide le seau à excréments dans les toilettes sans même une grimace. Ce qu'il impose comme corvées. Ces derniers temps il n'arrive plus à se lever. La comédie des quatre matins. Pas un qui suive et qui soit de bon augure. Un abcès à la gencive, mal au dos, un genou gonflé, des chaussures si usées qu'il lui est impossible de mettre un pied devant ou derrière l'autre, le désir de bien manger, et plus aucune nouvelle peinture. Destin de jeune donzelle aux œufs cassés et au pot de lait renversé. Plus rien qu'une boutique sale comme bicoque, les chiens contre la vitre, les anges qu'elle invoque, car c'est difficile de rester seule avec des ténèbres qui vous disent la mort comme à un petit animal qui se noierait.

Oubliés du monde, du Loto, de la bourse et du CAC 40, du *Jeu des 1000 euros*, de *La Roue qui tourne* et de *L'Amour est dans le pré*.

Oubliés des petits matins et des nuits venteuses.

Oubliés dans le ventre du bourg, là où c'est tout noir et à l'abandon, dent creuse. Avec, on n'aurait pas pu l'inventer, la rue de la Folie à deux pas de là.

Elle marche, marche, va jusqu'au gîte et son étang aux cygnes. Un étang posé sur l'ancien cimetière, des bouts de tombes et des os dans les becs des cygnes, des orbites vides à la place des yeux. Dire qu'il y a un petit panneau qui explique tout ça. Qu'à l'époque il y avait une église, un presbytère, un cimetière, le tout en ruines. Et les touristes viennent se reposer là, chaises longues, allongés à l'instinct sur les anciennes tombes, allez, chacun sa meilleure place pour profiter du soleil.

Petites bourrasques. Elles sont de plus en plus fréquentes. Le vent tourne la nuit dans la cheminée, parfois même dans le chat qui se met à faire un bruit rauque, dans la poitrine du vieux aussi, dans son souffle, comme une inspiration trop grande.

Ça suffit, à la fin.

Ça suffit, toutes ces peurs qui lui dilatent les pupilles, jusqu'à avaler du regard les feuilles des bouleaux, l'herbe, les cailloux qui crissent sous ses pas, le paysage entier. Ça suffit !

Elle marche, marche, sans savoir combien de temps elle gardera le vieux, si ça vaut la peine, à qui vendre les peintures, dans quel genre classer ça.

— Tu fais quoi, comme peinture ? elle lui avait demandé.

— Si je savais. Je peins, c'est tout. Je peins la beauté.

C'était l'époque où il mettait des pâquerettes partout, dans les mots et les caresses aussi. Elle le laissait faire, elle y croyait, aux fleurs et aux champs qui coulent sur la toile. Puis ça s'est endormi.

Ça dort. Oui, ça dort tandis qu'elle marche.

La nuit, des esprits l'arrachent à son corps et la font voyager dans d'autres contrées. Elle se réveille avec le souvenir de ciels rosés – empreinte de son corps dans un lit parfumé, lunes pleines comme jamais. Elle mord son oreiller, ne descend pas tant qu'elle entend les petits pas traînants en bas. Les paroles de l'assistante sociale l'empêchent de tout faire voler en éclats :

— Promettez-moi de vous en occuper comme il faut. Des repas à heures fixes, du calme. D'accord ?

Nouveau hochement de tête.

— Je n'ai pas bien compris, insiste la sociale.

Il lui faut un oui franc, pondéré, parfaitement responsable, un oui de qui n'aurait pas gâché sa vie à cause de lui, un oui qui pardonne, un oui d'empathie qui déborde, presque un oui d'amour – eh bien, elle peut s'y accrocher !

— Oui, dit-elle doucement, en articulant pour ne pas avoir à le répéter.

— Oui oui ou oui non ? demande la sociale, à qui elle collerait bien deux baffes. Le lézard dans son lit, gémit, grimace, menace de tout déballer, les grandes colères et les insultes qui font se rétrécir, les coups comme ça, gratuitement, parce qu'elle se voit le frapper et qu'elle obéit à ses visions.

— Vous êtes un cas social, continue l'assistante. Vous êtes fichés. Un mot de ma part et on place votre compagnon. Au vieux : Quelle idée d'avoir pris une femme aussi jeune, vous auriez pu y penser à l'époque.

— On ne pense à rien quand on aime, il a le culot de dire.

— Alors, oui oui ?

— Oui oui.

Il soupire de soulagement. Respiration du vieillard greffée à sa poitrine. Elle le laisse s'y suspendre. Le souffle accompagne sa pension de cheminot, quand il ne la cache pas sous le coussin du fauteuil. Ce n'est arrivé qu'une fois. La pension, le facteur n'est pas passé la donner ?

Rien vu.

Un mois comme ça, à se ronger les sangs pendant que le vieux délirait, se voyait remettre les palmes académiques.

Jusqu'à ce qu'elle l'aide à se lever et que le coussin glisse et qu'elle voie du papier journal plié en quatre, qu'elle ouvre le paquet et y trouve les six cents euros. Une gifle à lui dévisser la tête, puis une deuxième.

Du misérabilisme, disent-ils. Le pire, c'est que ça revient comme au XIXe siècle. La gale, la peste, les rats, tout est en train de revenir, la tuberculose, et peut-être même la guerre.

Ils parlent comme ça devant chez eux, sans se soucier de leur présence, sans arrogance, non, non, juste, comme ils disent, avec réalisme. Car il faut bien voir les choses en face, appeler un chat un chat. Et encore, nous sommes à la campagne, alors imaginez ce qu'il peut y avoir dans les grandes villes. Oh ne m'en parlez pas, de toute façon nous aurons bientôt nos migrants, en plus du reste. Ne m'en dites pas plus, je préfère ne pas y penser.

Elle revoit la scène, à l'hôpital. Après le oui oui je reprends le vieux et je m'en occupe, elle a ajouté :

— Livrez-le-moi par ambulance. Comme vous le savez, nous n'avons pas de voiture.

— Vous promettez de faire de votre mieux ?

Et ça recommençait, un véritable cercle vicieux.

Le vieux lézard est parti d'une quinte de toux, il tressautait dans son lit, ça semblait vouloir dire qu'il tenait quand même à rester encore un peu à l'hôpital avant de reprendre la bataille.

— Vous avez pensé à lui amener du linge propre, comme je vous l'avais demandé ?

— Le voici, un maillot de corps, un caleçon, un pyjama.

— C'est bien, vous avez l'air de repartir sur de bonnes bases.

— Alors, c'est vraiment oui oui ? a eu le culot de demander le vieux, comme si entre eux les promesses avaient du sens.

Elle a hoché la tête, en lui lançant un regard noir qui lui a fait reprendre ses airs de chien battu.

— Allons, monsieur Ladier, nous veillerons sur vous. Je passerai de temps en temps. Vous verrez, elle ne fera plus sa mauvaise tête. Et il y a bien plus malheureux que vous. À elle : Vous pourriez lui couper un peu les cheveux.

— Il ne veut pas. Il prétend que ça fait artiste, les petites boucles dans la nuque.

— À votre âge ça ne compte plus, monsieur Ladier. Reposez-vous plutôt.

— Alors, c'est vraiment oui oui ? a redemandé l'assistante, à l'identique du vieux.

Elle a répété oui, en pensant aux six cents euros.

— Oui, bien sûr.

Au vieux, la sociale :

— En fin de compte ça nous arrange, il n'y a plus beaucoup de places au centre. On attend qu'ils aménagent de nouvelles chambres.

Son oui oui dit, elle a tourné les talons en emportant le linge sale qui puait la merde. Ce qui fait qu'elle est revenue sur ses pas.

— Pour les couches, on fait comment ?

— Le centre vous en fera livrer une vingtaine par mois. Ça vous va ?

— Et pour la toilette ?

— On estime qu'il peut se débrouiller seul.

— Vous croyez ça ? Et le dos ?

— Si ce n'est que le dos.

— Et les pieds ?

— Il se baissera. Et puis on compte sur vous.

— Je ne dis pas oui à tout.

— Il est assez valide pour le faire. Il marche encore, après tout. Il faudra vous montrer raisonnable, n'est-ce pas monsieur Ladier ?

Du misérabilisme, on vous dit.

Avec ce trou noir de la vie et des larmes. C'est peut-être ça, gagner son paradis. Tout se mélange, le ciel et la terre, le désir d'aller loin, de faire sauter la clôture du monde.

Elle ralentit, attend que la voiture passe. Fait un signe de la main pour les inciter à avancer. Ah, c'est toujours le même couple. Pas le temps de faire affaire. Passez donc. Yeux noirs cernés de mauve à cause du reflet métallique du capot.

Les anges la mènent le long du ruisseau. Il faut bien qu'elle se sente exister, du moins pour eux. Elle regarde les canards s'ébrouer. Le gars du moulin à huile la lorgne depuis l'autre rive. Elle a des gambettes qui font encore effet, et la gueule aussi. De loin. De toute façon il leur en faut peu, du moment qu'ils pensent aux filles des calendriers.

Une crampe à l'estomac. Elle ne mange plus guère, du pain et des noix. Elle emporte ça dans la poche de sa veste, quitte au plus vite la maison.

Elle se remet à marcher. S'arrête au bout de la rue. Campagne tout de suite, panorama à couper le souffle, le poids de la vie envolé, l'extase. Les arbres centenaires, le vent, les buses qui tournoient là-dedans. Elle pense à son gros chat peluche resté sagement sur le lit. Gros câlin pour le chat enfermé, gros câlin pour la petite âme ronfleuse qui la fait tenir debout, qui perd ses poils et sent bon la chaleur.

Elle lève la tête vers la traînée blanche dans le ciel. Ça a l'air si facile, si simple, un avion.

En cavale, genre Albertine Sarrazin, sa belle-mère lui en lisait. Il faudrait ne pas avoir de passé, il vaudrait mieux ne pas se souvenir, surtout si c'est pour en arriver là. Le visage radieux de son père, paf, d'un coup dans la tête. À cause de la photo d'Anthony Quinn, aperçue dans le programme télé hier soir. Elle a fouillé dans le maigre paquet de photos, en a ressorti le portrait de son père. Elle ne se souvenait plus qu'il pouvait sourire autant. Un foulard rouge autour du cou, les jambes croisées, les mains aussi, sur la petite fortune qu'il avait amassée et donnée à sa seconde épouse, qui était partie avec. Ce père-là, sur cette photo, il respire la bienveillance, le bonheur. Peut-être à cause de la nature dans laquelle il est plongé. Il éprouvait le même amour qu'elle pour les arbres, les canards, les amandes vertes et la marche, une marche longue qui ralentit le cœur, fait voir les choses autrement.

La nuit, elle se punit par des images terrifiantes, sa cervelle les élabore en une fraction de seconde. Le petit chien jeté à l'eau, par exemple. Elle n'était qu'une enfant. Ça lui plaisait de voir la tête blanche s'enfoncer dans l'eau puis reparaître, jamais elle n'aurait pensé à une noyade. Un animal n'est-il pas censé avoir de l'instinct et trouver comment s'en sortir ? Revenu à la rive, jeté aussitôt dans l'eau. Sans penser à mal. Le chien revenait de plus en plus épuisé, corps minuscule sous le poil mouillé. C'est le cœur qui a lâché. Elle se reproche cette mort, l'innocence de l'enfance, cette cruauté. Et le petit chien blanc épuisé dans les paumes des mains se réveille de sa belle mort pour mourir encore et encore les nuits où plus rien ne va, où la vie éternelle n'est que paquet d'os et de chair, avec ce souffle jusqu'à la lune.

Pour éloigner le petit chien, il lui arrive d'invoquer la figure du père, depuis ses hautes mythologies, tandis que le vieux lézard s'essouffle à l'étage, dans la chambre à côté de la sienne. Parfois elle imagine aussi qu'un homme sort de l'armoire – terreur garantie –, un siphonné qui s'apprête à la torturer et se répand en de longs rires cruels, les mêmes finalement que les siens quand le chien agonisait.

Ce sont de vieilles inquiétudes, avant de sombrer, car il faut bien tomber quelque part.

Vent et soleil, canards dodus, pas grand monde aujourd'hui dans les rues.

Marche, marche.

Elle a dit au vieux, un jour de clairvoyance :

— Tiens, je t'ai acheté un sifflet et son cordon, mets-le autour du cou. Si tu vois que je peux te faire très mal, siffle, ça me réveillera peut-être. En tout cas, c'est ce que je me souhaite. J'en ai assez comme ça du fardeau du petit chien, je n'ai pas besoin de ta vieille carcasse en plus. Et pas de minauderies, s'il te plaît.

Il faut peut-être de grandes frayeurs pour venir à bout de soi. Dans son cas, ça ne tient pas à grand-chose. Elle vérifie si tout est bien fermé avant d'aller se coucher. Elle perd un temps fou, la main sur la poignée des portes – ouvert fermé ouvert fermé, jusqu'à ne plus savoir. Elle est capable de sortir de son lit pour descendre vérifier. Qu'imagine-t-elle ? Qu'on pourrait l'arracher d'ici pour lui rendre ses coups ?

Tout ce qu'elle craint, la nuit, se réveille au moindre craquement du plancher ou de l'armoire, craquement agrémenté du bruit de forge du vieillard, poitrine volante qui vient respirer au-dessus d'elle, tandis que, ultime frayeur, tournant la tête à gauche puis à droite, dans son lit, elle cherche les spectres de ses cauchemars autour d'elle. Pour un peu, ses mâchoires se décrocheraient sous le cri, un cri muet qui plonge droit dans les entrailles, pique le cœur, tape dans l'estomac, les intestins, et le nid à bébé. C'est ainsi que le vieil imbécile appelait son ventre, avec un certain attendrissement, en tapotant dessus, du temps de sa jeune retraite de cheminot. Il allait en faire pousser un là-dedans. Et elle, la pleine de rêves, elle qui posait nue, elle aurait bien voulu de ce bébé, elle le voyait avec une tête en forme de passerelle ou de pont, comme sur les billets de cinq cents euros. Il était, dans ses rêves, tout violet ou tout vert. Et le nid à bébé s'ouvrait, s'ouvrait, elle mettait les jambes en l'air contre le mur après l'amour pour ne rien laisser échapper. Et puis rien.

Heureusement, rien.

Le vieux l'était déjà trop ou peut-être n'avait-elle pas le cul assez chaud pour retenir le bébé, c'est ce qu'il prétendait, voix de stentor, ça résonnait pas mal alors. Vexée par ce ventre sec, cette fabrique qui ne voulait pas se mettre en marche, elle avait poussé le vieux contre la porte de la cuisine. Il l'avait giflée, une gifle pour une petite fille doublement humiliée. C'était leur première dispute sérieuse. Elle avait claqué la porte. La brume lui avait rafraîchi le visage, elle avait avalé cet air si doux et mouillé qui fait croire aux mares au diable et aux oracles.

Un corbeau la nargue de sa présence. Perché sur le piquet d'une clôture, il la regarde avec insistance. Elle s'en approche autant qu'elle peut. Elle le veut sous la main. Pense à Corbodor, qu'on ne trouve plus. Des granules qu'on jetait aux corbeaux pour s'en débarrasser, ils les picoraient et s'endormaient, on n'avait plus qu'à les ramasser. Elle approche encore. Dis-moi, corbeau, es-tu un bon ou un mauvais présage ? Il s'envole par-dessus son épaule droite, encre le ciel d'un noir qui appelle d'autres signes.

La poitrine ouverte, fermée, ouverte, fermée. Depuis la petite enfance c'est ainsi, les mains contre, pour empêcher le chagrin et la colère de sortir.

Et les nuits la reprennent. La voilà qui abaisse la poignée de la porte d'entrée plusieurs fois. Fermée. Fermée. Elle recommence. Qu'est-ce qui lui fait autant peur ? Fermée. Fermée. Pour s'en assurer elle va chercher la clé, rangée dans une coupelle sur la table de chevet, redescend, ouvre grand la porte pour la refermer aussitôt. Un tour de clé. Là, là, tu vois bien à présent qu'elle est fermée. Elle la rouvre pour voir ce que ça fait une porte ouverte, la referme à double tour. Elle en baisse la poignée, tire dessus, s'arcboute, le mécanisme finira par être faussé. Puis elle regagne sa chambre, remet la clé dans la coupelle, s'assied au bord du lit, effrayée à l'idée de devoir recommencer.

Elle n'est qu'une marionnette qui s'avilit en s'adonnant à toutes sortes d'actions aussi inutiles qu'imbéciles, une marionnette qu'elle contemple avec douleur. Le pire, c'est qu'elle sait à l'intérieur que tout va bien. Comment expliquer ? Cette façon de s'anéantir dans des tâches répétitives éveille en elle une brûlure dans la gorge et le cœur. À ce moment-là, elle recherche la souffrance, tête cotonneuse, idées embrumées, marionnette vraiment, dont elle actionne les fils.

Elle redescend, regarde la porte et dit à voix haute : Fermée fermée fermée fermée, quatre fois, car les chiffres ont également leur importance dans tout ce cirque.

Elle reste un moment devant la porte.

Allez, encore une fois la poignée abaissée, puis une autre fois, jusqu'au chiffre huit, puis seize, puis vingt-quatre.

Elle revient à elle.

Ça a l'air de s'arrêter. Elle remonte dans sa chambre, les bras ballants et les jambes de chiffon, la tête balayée d'épis, le visage piqué d'yeux fixes.

Assise au bord du lit, elle hésite à repartir vers sa destinée infantile. Le doute est revenu, mais il semble faiblir. Oui, ça se calme vraiment.

Elle avait oublié les volets à l'étage, elle les ferme. Ne s'occupe pas de la chambre du vieux, adviendra ce qui adviendra, tout en redoutant de le retrouver mort le lendemain. Faudrait alors faire valoir les longues années de concubinage pour avoir droit à un petit quelque chose. Vous n'avez qu'à vous marier, lui a soufflé sa cousine au téléphone – une cousine lointaine qui ne lui rend jamais visite et qui se contente de lui donner de temps à autre des conseils.

Trop tard maintenant pour tout ce falbala.

Non, non, à tout moment c'est possible, même sur son lit de mort, vite fait bien fait, s'il a toute sa conscience.

Comment demander ça au vieux ? Comment le forcer ?

Dans le oui oui, qu'elle a été contrainte de dire à l'assistante sociale, ont résonné le conseil de sa cousine, la vague perspective d'un mariage.

Elle sort du bourg contempler la plaine. Se souvient du sanglier contre la terre brune qui, seul dans le labour, courait et disparaissait au loin, laissant sur la pupille l'empreinte de sa menace, de sa puissance, l'illusion de sa course. Comme s'il avait toujours été là, comme si le champ n'avait existé que pour cette révélation : celle d'un animal qui court comme elle marche, avec le même entêtement, la même ténacité. Courir et marcher, fuir, la seule chose à faire. Et depuis cet instant, sentir le ciel l'envahir, les ondulations du peuplier lui couler dans les veines.

Malheureusement un couple de ramiers roucoule presque au-dessus de sa tête. Elle ne supporte plus le bruit. Malheureusement on passe une tondeuse dans le jardin de la dernière maison. Les volets sont ouverts, les vacanciers, arrivés. On ne prête pas attention. Crasseuse et muette, aussi fine qu'une souris, on s'en fiche.

Elle réfléchit, hésite à rebrousser chemin. Aller lire à la bibliothèque ou marcher ? Elle repense à la vente des peintures. 20 € le petit format, 40 € le moyen, et si elle ose, 50 € le grand. Avec les kilomètres de toiles du vieux, si le couple se révèle être un couple de collectionneurs, elle est sauvée.

— Tu fais quoi, comme genre de peinture ? a-t-elle demandé une fois de plus.

Le vieux ne sait pas. Il ne veut pas mettre de nom là-dessus. Il dit simplement qu'il ne recopiera jamais de cubisme. Qu'il est d'un genre qui n'a pas de nom.

— Tu serais pas un peu art brut, des fois ?

Il l'a regardée, l'air dubitatif.

En feuilletant des revues d'art à la bibliothèque, un titre a retenu son attention, *L'art brut a le vent en poupe*. Elle s'est aussitôt renseignée. Dans le dictionnaire : toute personne sans connaissance particulière de l'art... dans les campagnes... qui ne produit que pour elle-même, sans besoin de reconnaissance... construit son univers...

— Je ne crois pas, non, a dit le vieux.

— On ne pourrait pas faire passer ça pour de l'art brut ?

Elle s'est sentie triste en le disant, telle une enfant qui demanderait la permission de sortir dans son jardin, avec la lumière blanche du soleil qui frappe contre le béton, et d'autres enfants aussi imbéciles qu'elle, à faire des rondes et à jouer dans le sable aux petites voitures et au stationnement interdit, en attendant de jouer au docteur et au malade.

— Pas art brut, pas art classique, t'es quoi alors ?

— J'ai inventé mon style.

— Un style qui ressemble à tout et à rien. J'ai beau mettre des peintures en devanture, personne ne s'arrête. À part ce couple qui paraît pour finir presque plus intéressé par toi. Il faut toujours que tu pleurniches devant les autres. Tu n'aurais pas pu recopier bien comme il faut des chefs-d'œuvre, ce genre de reproductions que les gens accrochent chez eux ? Je sais pas, moi, du Bernard Buffet, du Van Gogh ? Y en a plein les maisons, quand je passe devant.

— Trop connus. Où serait mon mérite ?

— Tu es vraiment trop bête. Tiens, je te laisse à la fin. Et au cas où tu ne le saurais pas, cheminot à pâquerettes, l'euro fait grimper le prix de chaque chose. À cette allure, y aura bientôt un krach boursier.

Et elle le regarde s'alarmer pour les deux, trois actions achetées pendant sa vie de pauvre.

— Vends tout, je te dis, ça vaudra mieux.

Elle le laisse planté là, en train de prendre son pouls, des fois qu'il fasse un accident cardiaque ou vasculaire cérébral ou une embolie ou un cancer foudroyant. Mais avant :

— J'ai oublié, le chat a mangé tout rond une souris. Tout ça pour te dire que les souris se faufilent sous la porte. Un jour, elles grimperont sur ton lit, ce sera bien fait pour toi. Nous faire vivre dans un taudis pareil !

Marc, voudrais-tu proposer une séance de dégustation de tes liqueurs à ces messieurs dames ? entend-elle, en passant devant un groupe de Hollandais debout sur le trottoir – Hôtel du Roi, Logis de France, ici cuisine maison, bonjour et bienvenue !

Elle marche, marche, jusqu'au milieu du champ où courait le sanglier. S'allonge contre la terre, imagine une source vive virevoltant sous elle, de l'eau qui la pénètrerait et lui laverait le sang, la cervelle – c'est bien mieux que la chaise longue et le jardin du vacancier. Le visage tendu vers le ciel, qu'elle boit.

Elle le boit en commençant par les nuages roses. Ne cherche pas même la forme qu'ils pourraient avoir, visages ou animaux, non, juste de la poudre rosée et du bleu, les yeux fermés là-dessus.

Enfin au repos, fin d'après-midi, plus rien à refouler, aucune mauvaise idée ni regret, ni rancœur, ni désir, ni espoir. Tout est bien. En vérité, je vous le dis, ne peut-elle s'empêcher de murmurer avant de se taire.

Oh pas longtemps.

Car bientôt debout, le corps en paquet de nerfs, jusqu'à la maison-boucherie-hospice.

Ça ne doit pas être bien compliqué de ne pas avoir la tête qui tourne. Ça ne doit pas être bien compliqué de conduire, par exemple, sans pour cela se jeter contre le premier camion, et de partir d'ici définitivement.

Un étouffement permanent.

La peur aussi de tuer le vieux. Elle le lui dit :

— Un bon coup de carabine, et un jour j'aurai ta peau.

Ça l'épate, le vieux lézard. La bouche ouverte, les dents bien plantées encore, il la regarde, presque amusé.

Une odeur âcre infecte la tuyauterie. Le vieux a encore pissé dans le lavabo. Il n'a qu'à ouvrir sa braguette, pas la peine de se hisser, il pose le machin sur le rebord, jette son ammoniaque là-dedans, repart à petits pas de fouine. Ensuite il fait exprès de lui demander, en la fixant longuement dans les yeux, s'il ne s'est pas dégradé.

— Bien sûr que si, et tu le sais bien.

Il remonte dans sa chambre en claudiquant. Sa chambre où elle espère qu'un jour il restera coincé, sa salive jaune aux lèvres, même pas bonne à mouiller ses pinceaux.

Tout n'est qu'une question de haine.

Elle chasse les traces d'urine du plat de la main avec un peu d'eau qu'elle laisse couler au robinet, jette un filet de Javel au fond du lavabo, retourne à ses magazines.

Assise dans un fauteuil, derrière les rideaux, au rez-de-chaussée, elle attend. Les os les uns dans les autres, remontant dans les épaules, sortant des chevilles, tant elle est maigre. Elle sirote un fond de mojito. Elle l'économise, son mojito. Apéritif de luxe pour un après-midi passé à survoler des revues récupérées dans la poubelle à papier du salon de coiffure.

Le vieux est revenu d'une nouvelle crise d'hôpital, on ne peut pas appeler ça autrement. Au bout d'un moment, il le réclame, son hosto. Cette fois, il s'est cassé la figure tout seul. Il s'était mis en tête de descendre du grenier un parasol orange, pour sa belle couleur qui allait l'inciter à peindre. Il voulait le voir déplié. Il l'a fait glisser dans l'escalier et il est tombé aussitôt, amorti par le parasol. Deux côtes fêlées, mais increvable. Quand on l'a sorti de l'ambulance, les dieux sont avec nous, qu'il a dit ! Et il a ri. Sa figure en est devenue plaisante. Quand il rit, les plis du visage remontent, on dirait lui autrefois, quand il poussait la chansonnette et qu'ils trinquaient à l'avenir. Une petite moue qu'elle trouvait délicieuse, elle était folle quand même, il en rajoutait, ses yeux se plissaient, une voix suave, un séducteur des temps anciens, ça la charmait, vraiment folle de s'être laissée attraper avec si peu.

Elle marche, marche dans sa tête, contre les jours et les nuits. Soudain elle décide qu'elle n'aura plus peur d'être seule. La nuit, ce sera sûrement plus difficile. Boîte à images, tirées au petit bonheur la chance, du noir et blanc, une succession d'aïeux, des spectres pleins d'histoires effrayantes. La nuit est trop calme par ici, mais qu'on ne lui parle pas de la ville. Elle est faite pour les trous à corbeaux.

Je voudrais seulement qu'on me refasse la bouche, qu'on me redonne des dents, et des belles, des perles de dents accrochées à de la gencive saine.

— C'est invraisemblable comme la jeunesse se perd vite, dit le vieux sadique.

Il la fait pleurer en cachette sur son paradis perdu de petite fille, où il y aurait des arbres à dents – il suffirait de les cueillir – des langues toutes propres, sans mots de vipère, des robes à taille de guêpe, le gazouillis des oiseaux, et une porte à ne pas ouvrir, derrière laquelle se tramerait l'innommable.

Surtout ne pas y penser.

Elle marche, marche, en faisant des détours.

Le bois et la terre. Les corbeaux, encore.

Les vieux, ça bidouille, ça traficote, ça trouve des combines pas possibles. Et puis ça ne se tient pas propre. De vrais enfants tordus par l'âge. Il n'a rien trouvé de mieux que de ficher son cure-dents dans la manche de son pull, pour ne pas le perdre. Et il porte de la laine été comme hiver, se plaint en permanence d'avoir des frissons. Et vas-y que je m'aide des mains pour monter l'escalier, au début en cachette, à présent il ne se gêne plus, il se donnerait presque en spectacle, la vie du rail loin derrière, son postérieur maculé en pleine face, le dos voûté, cela va de soi.

— Tu pars en quenouille, et je ne te retiendrai pas, lui dit-elle.

Autrefois, ils avaient une maison à l'orée du bois. Une petite maison bordée à l'arrière d'un chemin pour les pèlerins de Compostelle. Pas question de leur donner l'hospitalité à ceux-là, même pour une nuit. Le dépannage, allez voir ailleurs. À cette époque ils filaient le parfait amour, emportés par l'espoir d'une fortune à bâtir à coups de pinceau. Ne sortaient presque jamais. Elle ne voulait que rêver et s'instruire. Lui, jouait à l'artiste, des airs de manouche, queue-de-cheval, gourmette et gueule ravinée, si bien qu'on ne savait plus à qui on avait affaire, à un maçon, un artiste, un imbécile de la ville ou un de ces parasites qui ne font rien que de découvrir l'eau chaude et le fil à couper le beurre.

Les nuits de pleine lune sont les plus dangereuses, car à ses manies de vérification des portes et des fenêtres s'ajoute l'inquiétude que lui donne la lumière laiteuse. Le décor bascule, elle craint même de se faire violer, avec toute la cruauté du monde, par trois individus dont elle croit distinguer les silhouettes dans la rue. Ils sont toujours au nombre de trois comme trois fois trois, trente-trois, deux plus un, trois qui porte malheur, trois mauvais visages, trois corps qui se couchent sur elle et la tuent, lui rient en pleine poire, ils font un raffut épouvantable, personne ne s'en alarme. Normal, puisqu'il ne s'agit que d'elle. Puis elle va voir le vieux, elle s'assure qu'il ne s'est pas transformé en créature monstrueuse. Elle le trouve profondément endormi, les bras comme des entailles dans du bois, presque sanctifié par la vieillesse.

Le misérable, il ouvre la porte dès qu'il entend des passants, appelle à l'aide, dépenaillé, en tremblant. On dirait qu'il cherche les coups. Elle le tire violemment à l'intérieur, si léger, si maigre, et ils reprennent leur existence.

Le temps de la très grande pauvreté est revenu, entend-elle sur son passage. L'État nous prendra tout. Un coup à sortir l'argent des banques et à le cacher sous le matelas en attendant la guerre qui finira par arriver. Il sera bientôt temps aussi de faire des réserves et des barrages sur les routes pour que la vermine ne vienne pas se déverser ici. Le mirage de la campagne, vous savez bien, de la campagne et de son jardin potager. Ils nous rongeraient jusqu'à notre terre.

Le lézard aussi avait parié sur le retour à la campagne, sur le « ça me suffit », avec quelques poules et la nique à la consommation. Tu verras, on oubliera vite la ville. Il y a le cinéma du coin et puis le théâtre rural. Le ciel et la terre, la grandeur de la vie… qui s'était rétrécie. Le lézard avait beau aller dans les bistrots dire qu'il peignait et qu'il vendait à prix raisonnable, on s'en moquait.

Gueule de Picasso, peut-être, pour le reste. Une gueule qui s'est défaite, nez enflé et rougi par l'alcool, des peintures, elle le répète, de plus en plus simples, pour ne pas dire idiotes. Elle avait tenté de hausser le niveau en empruntant à la bibliothèque des *Connaissance du Monde* et des *Beaux-Arts*. Copie-moi ça, à force tu finiras peut-être par inventer.

Mais qui pourrait donc inventer la masse souple et noire, profondément noire, d'un sanglier en fuite dans un champ ? Simplement cette course à l'infini d'une robe noire et d'un mufle, d'une vie en danger qui se dérobe et s'enfonce dans la terre. Car à la fin, au lieu de le voir disparaître, elle a cru qu'il tombait dans le labour, que celui-ci s'ouvrait sous lui, puisque la terre mange tout. D'ailleurs, depuis qu'elle ne s'embête plus à faire le ménage, tout est devenu boueux chez eux, sa bouche et l'intérieur des mains du vieux, les chiens et les vitres, les rideaux et les fauteuils. Une mince pellicule de terre partout, qu'elle ôte parfois de sa figure à l'eau fraîche, certains matins où elle se sent plus courageuse que d'autres.

Elle marche, marche, et surtout ne rentre pas.

Un peintre, dans le village voisin, du temps de la petite maison à l'orée du bois, après un épisode dépressif, avait réussi à exposer chez la fleuriste. Il s'était spécialisé dans les trompe-l'œil. Mais le lézard, il lui en fallait davantage – genre Picasso, avec son nom sur une voiture. Il avait pris sa retraite pour ça.

Bien entendu, il avait peint des trains. Rien de probant. Des rails dans le désert. Là non plus. Puis il l'avait rencontrée dans une fête foraine et foutue à poil – extase et fierté du jeune âge qui aime les caresses des mains calleuses et les rides. À poil, donc, cul offert pour l'*Origine du monde*. Là aussi, raté. Puis ça s'était tassé.

Maintenant il pisse dans le lavabo et il pique son cure-dents dans la manche de son pull. Et il délire de temps à autre.

— Quand il n'a pas assez bu, a avancé l'assistante sociale. Il faut veiller à ce qu'il s'hydrate et qu'il ne s'ennuie pas trop, a-t-elle ajouté.

Le vieux prétend voir une porte s'ouvrir dans le mur. Elle laisse aller et venir l'infirmière, la belle et dodue infirmière de l'hôpital public. Elle lui fait des piqûres et joue de la cithare pour le consoler. Puis au petit jour la porte s'efface, le mur redevient uniforme.

Elle hausse les épaules. Malgré tout, confondue de surprise par la proximité de leurs visions, la nuit, le cauchemar la reprend. Des portes s'ouvrent et se ferment partout autour d'elle. Et la poitrine volante du vieux, sa respiration rauque, l'atteignent aux tempes, elle sent le souffle ramper dans sa chambre, l'envelopper d'un air qui pue l'enfer. Il lui arrive même de croire que le vieux se colle à elle dans le lit, les ulcères de ses jambes contre les siennes, et le petit nid à bébé, chatouillé par le souvenir, se réveille.

Elle aura beau marcher, elle n'inversera pas le cours du monde.

Elle marche avec la sensation permanente que quelqu'un se tient dans son dos. D'un instant à l'autre, il hurlera, rira à pleine gorge, la menacera de son couteau, un canif assez ridicule. La nuit, il se cache sous son lit ou dans l'armoire, puis, quand elle est endormie, il vient se lover dans les plis de la peau. Sainte Bernadette n'y peut rien. Magnifique visage aux yeux noirs. Sainte Bernadette, qui la regarde du fond de sa carte postale posée sur le buffet.

Il n'y a pas de mots, pas même de souvenirs. Ça lui tombe dessus et, dans le grand silence et la mélancolie, elle regrette de ne pas avoir disposé du temps passé pour elle seule. Entêtée, mutique, sauvage. Pour elle seule, dans la vie qui défile. Il y a cette étrangeté d'être soi, de s'appeler Françoise. De se regarder dans le miroir et de ne rien y comprendre – j'en suis encore là. Là, dans ce trou creusé par mon propre poids, un trou noir plein de terre qui brûle les yeux. Tu n'arriveras à rien, ma petite, à rien d'autre qu'à vieillir, avec maintenant ce menton qui rebique, un point d'interrogation à l'envers. Ne rien comprendre, quitte à chanter pour briser ce silence qui voudrait imposer ses pensées folles.

S'user à marcher, semer l'enfance.

Comme si elle avait toujours été là, dans le froissement du blé, des tournesols, du soleil. Là, de toutes parts, jusque dans ce bout de nez et cette oreille qui se tend.

Allons, reprends ta marche, doucement, tranquillement.

Envie de verveine.

Et comme d'habitude, la voilà qui ressasse. Se voue entièrement à son imaginaire. Empêche les autres de l'envahir. S'enferme à double tour. Soupir de soulagement. Il n'y a que le vieux qu'elle ne peut pas empêcher de vivre, lui et ses douleurs chroniques, ses ratages, ses désirs de nourriture et ses cancers qui se baladent, chaque semaine un nouveau jusqu'à épuisement du stock, puis il recommence, attentif à toutes sortes de pulsations internes – les organes et leur bavardage – en se regardant dans le miroir de la salle de bains et, elle insiste tant ça la dégoûte, en pissant dans le lavabo.

Tu pourrais au moins laisser couler un filet d'eau.

Les vieux, ce sont des trahisons permanentes. Avec de nouvelles lubies. Des réveils aux petites heures de la nuit par anticipation. À présent il veut faire poser des volets à la fenêtre de sa chambre, la seule qui n'en ait pas. Il imagine que la mort escalade le mur. Et par-dessus le marché, s'alarme-t-il, la maison se fissure, le carrelage se disjoint.

Ne t'en fais pas, nous avons le temps, la maison s'écrasera bien après nous. Depuis son éternité de reptile, il parle de mettre des tirants, d'injecter du béton dans les fissures, de soutenir la poutre qui est sortie du mur d'au moins deux bons centimètres. Il sait de quoi il parle, il a été un bon cheminot, et qui dit bon cheminot dit bon bricoleur.

Elle préfère se taire.

Parfois, pour se dégager de ces idées noires, elle aimerait écrire ce qui lui arrive. Une petite pierre tombale faite des jours alignés dans les mots.

Elle marche, marche. L'ongle du gros orteil droit bute contre la toile de la chaussure. Il est trop dur, cet ongle, pour en venir à bout avec ses doigts, et elle n'est pas assez souple pour le ronger, pas assez mou non plus pour le couper au ciseau, elle se lave si peu.

Mon Dieu, quelle misère !

Et ça reprend, les paquets de phrases jetées exprès en vrac sur son passage.

On devrait murer les portes et les fenêtres de l'ancienne épicerie Jacquet, des fois que d'autres pauvres aient l'intention de s'y installer. C'est comme de la gangrène, ça se faufile partout où c'est à l'abandon, ça fait pourrir la rue doucement.

Définitivement arrêtée sur la tombe de sa mère. Elle n'avait alors que cinq ans. Il lui semblait impossible qu'elle fût inanimée sous le couvercle du cercueil. Elle devait ouvrir les yeux là-derrière, rire et chanter, pleurer même, bouger de tout son être, se recoucher sitôt qu'on menaçait de rouvrir le cercueil avant la mise en terre – terre si froide, si dure, si sombre. Chaque soir, le père lui disait ce qu'elle voulait entendre, que la mère, dans sa petite maison sous la terre, préparait une soupe aux vermicelles rien que pour elle, et qu'elle prenait soin de sa santé pour leur revenir en pleine forme. Quand ? Oh, dans un an environ, répondait le père d'une voix gentille et calme, comptant sur l'oubli ou la capacité de la gamine à se raisonner. Un an, c'est long ! Elle n'oubliait pas et ne se raisonnait pas. Les yeux déjà cernés de cette peau bleutée qui n'en finissait pas de s'affiner, les pupilles noires comme de la terre, enfin ces histoires qu'elle se racontait en se regardant dans le miroir, tout en cherchant sur son visage des ressemblances avec sa mère enfermée dans la petite maison, si petite qu'elle avait dû rétrécir pour tenir debout, allumer le feu, tirer une casserole. Elle était morte pauvre et sans soins à cause de son mari et de son travail qui ne rapportait rien, cette peinture d'église qui n'avait pratiquement fait que lui bénir les doigts, à cause aussi de cette foi qui lui arrondissait le ventre plus souvent qu'à son tour, jusqu'à ne plus pouvoir, jusqu'à elle, Françoise, arrivée en même temps que beaucoup de langueur. Et elle, le dernier enfant, elle l'avait regardée s'affaiblir cinq ans durant sans rien y comprendre – visage hâve, corps souffreteux, cheveux longs et fins. Elle garde le souvenir de photos en noir et blanc d'enfants tristes et mutiques, le front en avant, collés à leur mère comme des sangsues. Elle, la petite Françoise, c'était de sa faute, disait-on. C'est bien de ta faute si ta mère est morte, elle n'en pouvait plus d'accoucher. Elle ne voyait pas en quoi elle était coupable. Seulement, à partir de là, à partir du chemin qui menait au cimetière, elle s'est mise à marcher. À marcher comme pour aller à la rencontre de quelqu'un.

Danse des hérons. Elle les regarde, convaincue qu'ils tournoient dans le ciel pour elle.

Son père, peintre, et le lézard ne faisaient qu'un, finalement, dans sa tête. Il fallait que le cheminot prenne le relais, un cheminot assez âgé pour continuer à veiller sur elle, tant bien que mal.

Quelle idiote !

Parfois elle va se coucher contre lui. Contre cette vieille chose ronfleuse, bouche dans la nuque, en chien de fusil. Toutes les affaires bien en place, os et chair, le cri aussi bien sûr, et la volonté d'en finir avec la haine et la terreur. Toutes ces images. Comment fait-on pour vivre avec ?

Lui, on voit bien qu'il baisse, il ne pourra pas tenir longtemps. On comprend bien qu'il ne veuille pas être placé, mais enfin, avec elle ! Vous l'avez vue ? De plus en plus sale, de plus en plus sauvage, l'air d'une zinzin. Comme si on avait besoin d'eux en plein bourg, alors qu'on vient de refaire la place du marché, les chênes centenaires abattus pour des barrières métalliques vertes et des géraniums, ça nous a coûté un bras, à nous autres, contribuables ! La modernité accueillante, et des gîtes. Vous savez combien ont ouvert cette année ? On aimerait tant que les touristes s'attardent par ici. Alors c'est vraiment dommage d'avoir ces deux-là en étendards. Il aurait dû réfléchir, le vieux, on ne s'installe pas avec une jeunette qui aura tôt fait de vous pousser dehors.

Elle tourne, nue, autour du lézard pour l'appâter. Elle le nargue, avec ce drôle de pressentiment qu'il serait bien capable de l'achever par la vie qu'il lui fait mener. Mais plutôt que le trou dans la terre, finir en cendres à jeter dans le poêle. Pourquoi pas ? Elle croit s'y voir, légère, en remuant les braises, certains soirs.

Au lieu de pourrir sur pied.

Elle marche de long en large, mue par les mille et un baisers à récolter dans le vent et cette méticulosité d'être soi tout de même, quoi que l'on tente pour se détruire, la méticulosité extrême de la respiration...

Et chaque année se dire, je profiterai de l'été, de la lumière douce du crépuscule pour m'échapper. J'aurai du vernis à ongles aux orteils. J'aurai cette vie d'une femme avec du vernis à ongles. Et puis, l'été arrivant, elle en oublie son désir, regarde avec stupéfaction, quand il lui arrive d'en croiser, des dames aux orteils peinturlurés, des pattes de poulet avec de la couleur. Elle rêve alors de l'automne, comme d'une légende qu'elle aurait inventée. L'automne sera bien mieux pour fuir.

Puis le printemps la désempare, elle ne sait plus s'occuper, ne marche même plus, attend, anéantie dans son lit, que tout cet élan passe. Fait le décompte des années, quarante-trois, quarante-quatre, elle ne sait plus, songe à son carnet de vaccinations qu'on tenait pour elle jusqu'à ses vingt ans, et qui lui donnait des intervalles de temps réguliers, un peu aussi comme lorsqu'on fait renouveler sa carte d'identité, la certitude du temps revenu, carnet de vaccinations à l'encre presque effacée, tampon et signature appliquée du médecin venu à l'école – allons, déshabillez-vous les enfants, maillot de corps et petite culotte, une sauterelle qui avait tué sa maman, sa maman cercueil qui se faisait des soupes aux vermicelles pour elle toute seule, sous la terre qui devait être bien froide, tout de même, tout de même.

Elle s'agenouillait longtemps sur la tombe. Elle n'osait pas s'y coucher comme la femme de la tombe voisine, qui avait perdu sa petite fille et qui tentait d'enfoncer son corps dans le marbre pour la rejoindre. Elle s'en souvient encore. Elle arrivait, digne, déposait avec une certaine élégance un bouquet sur les inscriptions puis, sans crier, se jetait contre le marbre, le caressait de tout son être, jusqu'à l'obscénité si elle avait su à ce moment-là ce que ça voulait dire, cuisses ouvertes, bras écartés, bouche comme un trou. Sans un regard pour elle au bord de la terre – ils n'avaient pas eu les moyens d'une dalle, mais un arbre avait poussé là, un surgeon de prunus qui grandissait sans entretien particulier, comme une délicatesse venue du Ciel. Elle au bord, cherchant du regard dans le frémissement de la terre un signe de vie souterraine, la mère sortie de sa maison-cercueil, son escabeau posé sur le toit, essayant de percer la pellicule de terre d'un doigt long et mince, à la manière d'un ver qui se tortillerait.

Oui, finir en cendres plutôt que d'être enfermée. Mais comment faire part au vieux de cette dernière volonté ? Comment lui dire qu'elle envisage sa fin avant la sienne à lui ? Que cette pensée lui est venue comme une révélation alors qu'elle triait des vêtements dans l'armoire ? Le comble de la déréliction serait de partir avant lui. De finir comme un frigo usé dont personne ne voudrait – hop, à la déchetterie du coin. Car de la misère on n'aime que se débarrasser.

— Tu finiras par m'enterrer, dit-elle pour lui mettre la puce à l'oreille.

Et puis non, ce serait trop de jouissance. Elle pourrait laisser un mot sous son oreiller – aussi mou qu'une caresse, l'oreiller. On finira bien par le trouver quand, morte, on défera sa chambre. Elle écrit : À défaut d'avoir été un héron, je veux finir en cendres, et si le poêle est encore là, qu'on m'y jette, ce sera une bonne chose de faite. Merci d'avance. Bien à vous. Françoise.

Le « Bien à vous » la laisse songeuse. Françoise. Plus personne ne l'appelle comme ça, le vieux lézard ne s'y hasarde plus. Il n'y a que la cousine, au téléphone, deux fois par an – alors, Françoise ? Interrogation du bout des lèvres. Même le bon Dieu a dû oublier que ce nez long et rond au bout, ces yeux noirs, sont ceux d'une Françoise. Alors autant finir dans le poêle.

Ces nuits-là, celles des pensées de ses cendres, elle va se coucher dans le lit du lézard. Elle se colle contre lui. Il ne bouge pas, trop occupé à tenir dans ses empreintes corporelles, dans un concret qu'il ne peuple presque plus. Elle se colle au souffle, à la petite tiédeur, se dit que non, elle n'est pas seule. Un cheminot à peu près fini, trois chiens sales qui malheureusement ne parlent pas, un chat gris peluche qui ronronne pour trois, ce n'est pas rien. Et elle se repose de ses désirs un à un vaincus.

Elle marche, marche, comme on piétinerait du papier journal à la page des faits divers, l'encre des ordures à la bouche.

Qu'est-ce que ça peut bien lui faire, finalement, que le monde aille mal ?

Grand calme.

Elle marche pour cette petite Françoise restée à fleur de peau. Qui regardait, comme anesthésiée, les affaires de la mère restées dans la salle de bains, le soutien-gorge suspendu à la poignée de la porte, la trousse de maquillage ouverte, poudrier, fard à paupières et rose à lèvres, pas du rouge mais du pastel transparent qui faisait luire la bouche en des baisers mouillés. En famille, les sept enfants se tenant par la main, ils allaient à l'église se consoler. Ils admiraient les fresques que leur père avait peintes, les apparitions des anges, les saints, les désirs exaucés, les ex-voto commandés au père. D'autres fresques, d'un temps plus ancien, qu'il s'était agi de conserver, transparaissaient çà et là sur les murs. Elles remontaient à la mythologie romaine, disait le père, des pieds aux sandales lacées, des paumes de mains offertes.

C'était la grande déroute, la petite fille de bientôt cinq ans et sa mère si maigre, aux lèvres encore mouillées de rose. La mère morte et le troupeau des vilains petits canards à placer – mais qui voudra s'occuper de Françoise ?

Elle avait gardé le miroir de la mère, un miroir tout simple encadré de bois tendre et clair. Elle y regardait son visage d'enfant, parce qu'il fallait bien faire quelque chose d'un miroir, et de soi par la même occasion. C'était une occupation comme une autre, même si le désespoir de ne pas ressembler à petite maman cercueil se conjuguait avec l'effroi d'un visage, le sien, devenu étranger –, elle le regardait comme on prend possession des lieux, avec inquiétude, doucement, en recommençant à chaque fois – c'est devenu une manie, l'envie de mots qui manquent.

Dans son rêve, elle a cinq ans. En revenant du cimetière on lui donne une bondieuserie, une image sous du verre brisé mais pas tout à fait défait, à porter en pendentif, l'image d'un petit garçon qui contemple Jésus sur son crucifix. Il est habillé en enfant de chœur, la chevelure est bouclée, on dirait un agneau. La dame qui le lui a donné lui murmure en même temps une sorte de mode d'emploi : Parle simplement, demande, et tu seras exaucée. Puis elle se transforme en son gros chat gris et s'en va rôder entre les tombes.

En se réveillant, comme s'il fallait se défaire de l'étreinte de la terre et des corps perdus, elle se serre davantage contre le vieux, lui dit : Je t'aime bien, malgré tout. Puis elle se rendort, en pensant que la vengeance sera douce au cœur du sauvage, et qu'il lui faudra se lever avant que le vieux ne jubile et qu'elle ait de nouveau envie de le frapper.

On ne s'en sort pas. On n'a que ce que l'on mérite.

Se rendort.

Des baisers en rêve sur la bondieuserie. Elle porte le pendentif contre son sein. Le verre a disparu et le métal qui borde l'image est piqué de vert-de-gris.

Elle se réveille pour de bon et retourne se coucher dans son lit. Prie doucement. Qui pourrait s'en douter ? Entre les poutres, dans le bois, il y a des visages. Elle devine la grosse tête d'un ours, des yeux ronds cernés, un peu comme les siens. Il la regarde. Tout la regarde, collines et montagnes, tout se presse dans la maison.

Elle marche jusqu'au cabanon posé sur un minuscule terrain clôturé, à côté des ruches, à la sortie du bourg. On le lui a prêté, on a fait cet effort, pour qu'elle y entrepose une partie des peintures du vieux. Ici village fleuri et, sait-on jamais, petite gloire locale, a dit l'employé de la mairie, en lui ouvrant la porte. Les toiles sont empilées pour certaines à l'horizontale. Le cheminot avait ses périodes, la verte, la plus vilaine, elle n'aime pas le vert. L'ocre, la plus récente. Le fond a mangé la représentation, le cheminot peintre est devenu fainéant avec l'âge, malgré la peur de n'avoir servi à rien qu'à lustrer du rail, une peur de la mort sans nom à poser dessus, ou alors un petit nom de rien du tout, Paul Ladier, artiste peintre, dans les siècles des siècles.

— Tu connais Paul Ladier, comme peintre, toi ?

— Non.

— Moi non plus.

Il n'a même plus l'espoir de s'entendre dire « bon appétit » et de manger correctement, une satisfaction qui l'aurait peut-être consolé du manque de reconnaissance. Plus de remerciements à Dieu avant le repas, plus de repas d'ailleurs, du riz ou des pâtes trop cuites et parfois une petite bière.

Tu n'as qu'à manger comme un poète, du vent !

Elle marche, marche. Parfois elle chante à tue-tête, jusqu'à dérailler, elle crie. Elle s'en fiche, qu'on l'entende. Les yeux plissés, elle crie qu'il faudrait vraiment que ça s'arrête, ce goût de l'image pour tenir, des doigts comme les ramures du noisetier, la bouche comme de la pierre fendue. Plus de sens, ça n'a plus de sens – sinon celui d'un lent retour à chaque fois vers les choses du quotidien, vers la campagne qu'elle aime par-dessus tout. Mais la campagne ne sait pas se tenir non plus. Elle écoute les meuglements des séparations, veaux de lait dans la carriole, brinquebalés vers l'abattoir, sur des routes qui semblent danser, se faufiler à travers l'humidité des champs.

Elle emprunte le passage clouté, bien qu'il n'y ait aucune voiture, les mains dans les poches, la nuque raide, une plaque d'eczéma dans le cou.

Elle croise le regard plutôt gentil de Marc, le faiseur de liqueurs pour touristes. En un tournemain, liqueur au gingembre, à la verveine, absinthe et huile de noix si vous y tenez, une petite dégustation messieurs dames, sourire compris.

Elle marche en ayant perdu son objectif. Des fleurs plus toutes fraîches, dans une boutique, attirent son attention.

Elle ouvre les portes de la grande armoire. À cette heure, le vieux a regagné son lit. Les services sociaux ont mis en place la livraison des repas, uniquement pour lui. Ils passent une fois par semaine, pour les sept jours à venir. Il engloutit d'abord les desserts, puis il chipote sa viande, lui laisse de bon cœur les soupes qui puent l'industrie hospitalière, puis les deux derniers jours avant la prochaine livraison, il erre, en quête de riz qu'elle lui préparerait en même temps que celui des chiens. Dans sa chambre, elle ouvre l'armoire aux trésors. Rangés sur leurs cintres, les robes, les vestes, les chemisiers de la mère. Taille fine et jupe bouffante. Elle choisit une robe rouge, la pose minutieusement sur un fauteuil de velours, qu'elle a recouvert d'un drap de lin épais pour protéger le vêtement de la crasse. Par-dessus la robe, elle dispose une veste courte d'un bleu profond, un chapeau de paille. Elle s'allonge sur le lit et regarde les vêtements. Elle leur parle du temps qu'il fait, des petits bonheurs et des frayeurs de la journée. Par exemple : Aujourd'hui – comme si c'était extraordinaire – je ne me supportais pas, cela aurait été plus facile en suçant un bonbon à la menthe, seulement je n'en avais pas. Les bonbons d'autrefois avaient un goût de miel. J'y ai pensé, en marchant. J'avais l'impression d'avoir la joue gonflée de douceur, la main dans la tienne, maman, suspendue à ton souffle court. J'ai pensé également à tes cheveux trop longs qui pendaient dans ton dos comme des ficelles. J'ai eu envie de les tresser, de te donner un port de reine, des poumons tout neufs, un mari plus jeune. Je me suis demandé pourquoi j'étais encore avec le lézard. Pourquoi ce lien au monde, si misérable, fait de si peu ? J'ai pensé, ma petite maman, me jeter face contre terre, avoir le courage de la manger, cette terre. Je me suis couchée dans le champ et j'ai dormi comme une enfant. Aucune crainte du loup ou d'un méchant homme qui rôderait, j'avais juste ce trou dans la poitrine. Un tracteur, qui passait à toute allure, m'a roulé dessus dans mon rêve. Je me suis demandé pourquoi je redoutais tant d'être moi-même, comme si j'étais éternellement une autre. Imploration. Et parfois je ne supporte pas la lumière trop vive, elle appelle un cri que j'étouffe.

Si seule. Pourtant si bien, à me sentir seule. Nullement obligée à un regard ou à un quelconque sourire.

Son soliloque fini, elle range les vêtements. Remet tout bien à sa place sur les cintres. Puis elle tourne sur elle-même avec des mines de petite fille. Elle redevient Françoise...

Le vieux, à l'étage, n'en finit pas d'agoniser, apnée et ça repart, la respiration rauque, lourde des pizzas et quiches rances qu'elle est allée chercher chez la boulangère. Elle se tient sur le seuil, avant le tour de clé de la fermeture. Sur un pied puis sur l'autre, le temps que la boulangère – on jouerait à la charité et au paradis – lui ramène un sac en plastique plein de ce que de toute façon personne ne mangera, des viennoiseries vieilles de deux jours. Elle tend la main, paume creuse, et parfois un petit euro y tombe comme par miracle, car il ne saurait être question de mendier.

— Allons, rentrez chez vous, avec ce ton des bons chrétiens qui suent l'eau bénite.

Elle aussi, faut pas croire, elle a ses anges. Ils volettent dans la maison, la préviennent de toutes sortes de suffocations, lui donnent ce qu'il faut de pensées, pour ne pas penser justement.

Elle jette par terre les magazines qu'elle feuilletait. Attend un peu comme ça dans le vide. Elle attend qu'une idée vienne puis, en haussant les épaules, comme si on la regardait sur cette scène étroite qu'est son existence, car une vie, si minuscule soit-elle, se doit d'être observée, même par le petit bout de la lorgnette, dans une pose un peu contrainte, raide et digne pour faire bon effet, elle se penche sur le petit livre précieux posé sur la table basse, celui de la mère, *La Ménagère française*. Mais elle se reprend. Elle n'a pas le cœur à lire. Telle une vierge folle des porches des églises, elle se décide à regarder en l'air, vers le plafond, le cou un peu tordu, un sourire énigmatique aux lèvres, bonté hypocrite des petits enfants aux vices mêlés. Elle imagine un regard bienveillant coincé sous une moulure. Puis des mains absentes se posent sur elle et se répandent en des caresses invisibles. Oh oui, murmure-t-elle, le visage offert, les yeux fermés. Mais elle a beau faire semblant, rien ne se passe. Elle rouvre les yeux, regarde le plafond, la poutre qui se décolle légèrement du mur et qui finira par tomber, mais dans si longtemps. Et elle se tient là, sur la crête de ses hallucinations.

Elle parle tout bas à une petite amie, de ses socquettes blanches et de sa robe au volant de dentelle qui lui pique les jambes, des bougies qu'elle allume à la date anniversaire du grand départ de maman. Elle recoud encore et encore son nounours, qu'elle a eu le malheur de baigner, la tête lui est restée dans la main, elle la recoud au reste du corps. Elle fredonne une comptine, toujours la même, celle de la poule rouge qui picore des grains d'orge, tandis que papa, à l'étage...

Les temps se télescopent. Deux êtres se superposent, aussi âgés l'un que l'autre, le père, jovial, insupportable avec sa peinture, et le lézard, tout aussi insupportable avec ses couleurs et ses geignements.

Oui, ça se superpose.

Ça se superpose si bien que le temps en devient boueux – ongles rongés et boule d'angoisse. La respiration à l'étage est celle du père, inquiet pour sa petite fille. Il fait si chaud et elle craint tant les coups de chaleur. On lui passe un gant de toilette mouillé sur les tempes, les avant-bras, l'intérieur des cuisses, dans la nuque aussi. Puis tout lui reviendra. La revoici dans l'ancienne boucherie, derrière les rideaux, à l'affût de quelque amateur de peinture, d'un imbécile qui s'y laisserait prendre.

Ce qu'elle tait, ce qu'elle enfouit profondément, jaillit dans son désir de frapper, un désir tel un éclair, lorsqu'elle pose la main sur l'accoudoir du fauteuil, et que cette main se crispe malgré elle et qu'elle la retient.

Elle marche, marche encore dans sa tête, erre dans les bois, s'y perd, s'essouffle, les pas lourds de boue. Revient enfin. La revoici, telle qu'auparavant, dans son rez-de-chaussée.

La Ménagère française.

Le papier jauni de la petite revue la renvoie aux étagères d'un placard de cuisine qu'elle imagine rempli de bocaux, de gâteaux secs, de farine et de sucre. Ça sent le linge propre aussi. Ça sent la méticulosité, l'adage familial : *Tout ce qui mérite d'être fait mérite d'être bien fait.* Ça respire l'ascension sociale, le foyer tenu, les baisers au mari lorsqu'il quitte la maison le matin pour aller travailler, des baisers aussi bien sûr, les enfants dans les jupes, le soir quand il rentre. Pas de crédit, surtout pas, quelques jours de vacances, tout bien construit comme il faut, jusqu'aux points retraite accumulés pour les vieux jours.

La Ménagère française, « revue encyclopédique et pratique d'économie domestique et des soins du ménage ». Sa mère la tenait de sa propre mère, et voilà le fil des générations et les rondes enfantines, coupés net. Je vais t'en faire, moi, des arts ménagers ! Travaux pratiques presque immédiats, la grande sœur penchée sur elle et l'ouvrage impossible – des rires fusaient, la maison avait repris vie, tandis qu'elle porterait toujours sur son dos sa maman cercueil, si lourde parfois de tous les devoirs à faire, si légère aussi, comme de la pâte à brioche, de cette brioche qu'elle s'était mis en tête de fabriquer, fabriquer, oui, vraiment, comme on bricolerait dans son garage, pour un jeune homme – confiture à la fraise, s'il te plaît Françoise, je préfère ça à la framboise, même si pour les deux il y a des graines, elles sont tout de même plus petites dans la confiture de fraises. Une mise en ménage rapide avec un Victor, coups et contenu des soupières sur la tête, mélangés à de gros chagrins. Sa colère à lui était froide et calculée, ses façons étaient sournoises, vicieuses, il désirait la posséder, au figuré comme au propre, toujours à quatre pattes derrière elle. Leurs visages ne comptaient pas. Du contrôle permanent, du rabaissement et du mépris pour la petite bête qu'elle était, avec si peu de confiance en elle. Elle avait fait sa valise, était repartie chez son père. Avait retenté le coup de la brioche avec un autre qui s'était aussi peu soucié d'elle. Pendant l'amour, elle voulait leur plaire et leur donner de la vue, sans se rendre compte qu'elle ne faisait que flatter leur instinct de domination. Elle se tournait, offrait son cul, et l'autre, au lieu d'en éprouver de la gratitude, au lieu d'être tendre, il regardait sa queue aller et venir dans la fente, comme dans une grosse botte de paille, une chienne, autre chose qu'elle, elle qui avait déjà ce visage imparfait aux yeux noirs, et encore toutes ses dents. Une nouvelle fois le coup de la brioche, puis de la tarte au citron, une recette apprise de tante Léonie, puis fini tout ça, autant se mettre des glaçons dans la culotte et penser à autre chose qu'à ces abrutis d'hommes avec leur queue comme apparat suprême – suprême de volaille, continue-t-elle en riant, pour l'avoir lu sur la carte du Grand Duc, sans savoir ce que c'est, sûrement bon et frais avec un goût de champignon.

Ouste, du balai, de retour chez papa. Les vertiges, la fureur, les grandes inquiétudes, étaient revenus. Le nez de traviole, disait-on déjà d'elle, à force d'avoir fureté çà et là. Parfois un ami de papa la rejoignait dans sa chambre au grenier. Il ouvrait sa braguette et faisait jaillir sa fierté naturelle, qui avait dû pisser loin autrefois, et elle se faisait prendre, sa maman cercueil sur le dos, le cœur gros de qui s'abandonnait au malentendu. Et le cœur toujours aussi gros, elle se remettait à l'ouvrage pour papa, elle vivait désormais seule avec lui. La liste des courses, faire la cuisine, jouer encore un peu à l'enfant. Le temps linéaire des heures et des jours utiles.

Avec des larmes et de la colère. Avec de la tendresse dispensée par la veilleuse, pour se bercer et chasser les spectres qu'elle aurait été tentée de voir en ombres chinoises sur les murs.

Sans aucune idée, aucun objectif, la tête vraiment vide.

Et puis le lézard était arrivé. Cheminot et peintre, s'il vous plaît. Il était arrivé en roulotte tirée par un cheval. Il s'arrêtait dans les bourgs et les villages. Bonjour, je m'appelle Paul Ladier. Oui, je peins, voici ma carte de visite. Vous pourrez me trouver sur la place, je reste ici une petite semaine. Il distribuait ses cartes aux commerçants, qui en laissaient des petites piles sur le comptoir à côté de la caisse. Il attendait le client dans sa roulotte grande ouverte, les peintures accrochées partout où il le pouvait, pâquerettes et ciels bleus. Je peins le paradis, moi, je peins pour les petits oiseaux. Il avait encore fière allure, la chemise ouverte sur du poil noir, une chaîne en or prise là-dedans. Et des bonnes mains, avait-elle pensé, des mains qui allaient sûrement lui enlever le cercueil carapace qu'elle avait sur le dos, expérimentées comme elles en avaient l'air. Des mains de guérisseur.

Il lui avait donné une petite toile, un cheval dans la prairie. Puis, pour l'épater, il avait ouvert des revues d'art, balayé en quelques mots la longue tradition de la peinture. Elle ne se doutait pas qu'il s'était arrêté au début du XXe siècle, et encore, avec sa manie de la copie, il restait coincé parfois plus avant dans le temps. Sous les nuages, le paysage variait sensiblement. Une mer, un moulin, une ferme. Elle trouvait que ça ressemblait à du Van Gogh. Un grand ! s'était-il exclamé en souriant.

Il lui avait également offert un paysage un peu raté, flou et dangereux, de l'abîme. Elle l'avait laissé approcher. Comme les autres, il s'était d'abord montré respectueux. On se regarde sans vraiment se faire de compliments, de toute façon elle ne les attendait pas, on se regarde dans les yeux « pour pénétrer l'insondable amour », qu'il disait, cet imbécile. Puis on prend des libertés, et vas-y que je te retourne et te possède, que je m'abandonne, que tu te crois tout permis. Mais rassure-toi, je te ferai pas le coup de la brioche nappée de confiture de fraises ou de framboises, je suis devenue plus maligne, je me fatigue plus, j'ouvre des boîtes de conserve. Je veux le paradis et les pâquerettes, là, maintenant.

Allez, plongeon dans le vrai paradis des soins du ménage. Elle ignore les petits pas traînants du vieux qui passe du vestige de la salle de bains à sa chambre, sans oser descendre.

Vieux con.

Comme ça fait du bien !

Alors, voyons ces fameux arts ménagers, après tout elle n'est pas plus incapable qu'une autre.

La Ménagère française.

Pensées filantes. Toujours à cause du lézard. Il doit l'attendre en haut de l'escalier. Eh bien, qu'il attende. Elle décide de rester à sa place et de feindre la tranquillité, malgré ses mâchoires et ses mains qui se crispent. Jours mornes, gonflés de sarcasmes et d'insultes – à chaque insulte qui tombe meurt une pensée. La soif de représailles la tient éveillée comme un serpent. Elle pleure sur elle-même, de maigres larmes. Demande à ses anges tout sales de la réconforter, au moins ça, s'ils ne peuvent la sortir de là. Parfois va même jusqu'à s'enlacer de ses propres bras et se balancer sur son siège d'avant en arrière.

Dans cette société de marché, entend-elle à la radio, où plus aucune loi républicaine n'a cours, les humains s'unissent pour nuire aux autres – mais il ne faut surtout pas le dire, alors que le Premier ministre de l'époque avait eu cette phrase magistrale : « Oui à la société de marché, non à l'économie de marché. » Mais tout va dans le sens de la société de marché. Le cinéma, la littérature, les arts plastiques, n'ont plus d'autre mission que de plaire au plus grand nombre dans un temps très court.

Elle éteint la radio.

La Ménagère française.

« Une révolution dans le chauffage. Vie d'autrefois : les écoliers au Moyen Âge. La puériculture : conseils aux jeunes femmes... » Ce qu'elle pourrait leur conseiller, c'est surtout de ne pas se faire prendre en levrette. Sinon c'est fichu, ce sera la domination du mâle. Elle ricane. Le vieux, en écho, est pris d'une quinte de toux. Toujours en accord, finalement, les deux qui se haïssent. Il a parfois le culot de lui dire, de sa voix chevrotante : C'est une dispute artificielle. Viens là, dans le lit, avec moi. Comme s'il avait encore cinquante piges, lui et son nez qui n'en finit pas de bourgeonner et de lui manger la figure, comme un sexe flapi. Tu es ridicule, lui dit-elle alors. Il a la bouche luisante de désir. Elle invoque ses anges pour ne pas pleurer devant lui.

« Avantage réservé aux abonnés. »

Page ouverte au hasard. Maman serait là, à côté d'elle, sur le canapé. Elles jubileraient à l'idée de partager ce moment.

« Sauvons nos parapluies. »

Oui, qu'en penses-tu, maman ? Rien, ma petite. Lisons, plutôt.

« Trois causes principales abrègent la durée d'usage d'un parapluie : 1° Le mécanisme à charnières se rouille, les baleines s'échappent et crèvent l'étoffe. 2° Trous et déchirures de l'étoffe par accidents divers. 3° Le manche rapporté ou poignée se descelle.

1° Lorsque vous déposerez quelque part un parapluie mouillé, autant que possible ne le placez jamais la pointe en bas. Dans cette position, l'eau descend forcément dans l'entonnoir formé par l'étoffe, et s'accumule sur les charnières où elle séjourne jusqu'à complète évaporation, celles-ci sont alors complètement rongées par la rouille et les baleines libérées traversent l'étoffe au premier effort que l'on fait pour ouvrir. Posez toujours le parapluie la poignée en bas... »

Un peu plus loin...

« ... Appliquez alors de la main gauche le taffetas sur l'envers de la déchirure. »

Tous ces mots, taffetas, entonnoir formé par l'étoffe, charnières qui rouillent, lui mettent en tête un monde appliqué, une gestuelle patiemment accomplie.

Maman et elle rient de bon cœur, elles se poussent même du coude. Tiens, c'est l'heure du thé, dit maman. Voudrais-tu une tasse de thé, ma grosse Nounouche ? Du thé et un gâteau ?

Le vieux a fini par débarquer, un sac de plastique à la main, pour sa provision de pain qu'il suce dans son lit. Il fait un bruit épouvantable, à cause du plastique hachuré par ses tremblements.

— Allez, dégage de là !

La pièce noircit d'une bordée d'injures pour qu'il se tire au plus vite. Ça n'a pas l'air de l'atteindre, enfin pas comme il le faudrait. Pour l'apitoyer ou la contrarier, lui donner matière à réflexion, il dit :

— J'ai réussi à me mettre à quatre pattes et à regarder sous le lit. Ce n'est pas bien beau, là-dessous.

— Tu t'attends à quoi ? À ce que je fasse le ménage ?

Il ne répond pas. Puis il ajoute :

— J'ai trouvé un mulot tout sec. Pas beau à voir non plus. Je te le montre ?

— Non.

Elle l'ignore, replonge dans sa lecture. Tiens, pense-t-elle, j'aimerais bien qu'on me prépare un chou à l'auvergnate.

« Les quantités indiquées sont calculées pour 4 personnes adultes, d'appétit moyen, prenant un repas composé de deux plats et un dessert. Ce qu'il faut : 400 g de chou ; 250 g de marrons, ½ litre de lait ; 25 g de beurre ; 15 g de farine ; 10 g de sel ; 5 g de poivre ; 8 g de bicarbonate de soude ; 3 litres d'eau. »

De guerre lasse, elle repose le livre. Et marche, marche dans sa tête. Mange les murs, se retrouve dehors, la poitrine éclatée.

Elle marchera jusqu'à devenir une vieille femme, celle par exemple qu'on laisse sortir l'après-midi de la maison de retraite, éberluée, les cheveux gris et gras plaqués de part et d'autre d'une raie sur le côté, qui marche, marche, elle aussi, si lentement, longe le trottoir jusqu'au supermarché, entre, s'assied face aux caisses, sur un banc vert en promotion, et regarde tout ce monde s'affairer, le visage impassible, le regard un peu fou sitôt qu'on fait attention à elle. Elle lui ressemblera, elle en est presque sûre. Elle lui ressemblera à en perdre la tête. Mais même là, dans cet égarement imaginaire, elle retrouvera le cheminot, sa gueule en pâquerette.

À la saison des baies blanches dans les haies, baies qu'elle mange pour la drogue qui l'envoie promener loin, délirante et heureuse, elle s'immobilise. Toujours ça de gagné, plus de fatigue qui lui creuse les os. Elle reste assise dans son fauteuil, la bouche ouverte et cassée d'une grenouille au fond d'un trou asséché, le corps en aiguilles à tricoter, bien rangé et sage. Il est arrivé que le vieux s'occupe d'elle. Il la peigne, il lui nettoie le visage et les mains. Elle le laisse faire, c'est si bon de ne plus rien tenter.

Elle entre acheter du Fanta au Coccimarket. Ennui des petites courses à faire. La gérante la regarde de travers, avec cet air de dire : ni hospice ni asile ici, on est pourtant bien obligés de vous tolérer. Se remet à marcher plus vite encore dans sa tête. Ressort du magasin, haineuse, sa poignée de centimes dans la poche, sa boisson sucrée qui fait gonfler le ventre des pauvres au fond d'un sac de toile.

Sur le chemin du retour, elle tombe sur une bondieuserie – un peu comme dans son rêve, comme c'est drôle –, un chapelet et sa petite croix d'ivoire. Elle ne sait que faire, le ramasser et être superstitieuse, ou le laisser et continuer d'être superstitieuse. Elle hésite, finit par le prendre, pense aller le déposer au pied de la croix, sur le chemin de Compostelle, au milieu des fleurs en plastique et des grigris. À moins qu'elle ne le donne au lézard, qui s'est trouvé une autre idée fixe, celle de prendre une assurance obsèques – elle n'est pas contre, au contraire, qu'elle lui a dit. Il désire peindre des fresques sur son cercueil, le moins cher possible le cercueil, la décoration fera le reste. Oui, pourquoi pas. Sauf qu'il a cette idée du matin au soir et que cela en devient insupportable.

— Je ne veux plus en entendre parler. Remonte te coucher. La sociale arrangera ça. Elle ne tardera plus maintenant. Faut que tu te tiennes tranquille, que tu gardes toute ta tête, sinon ils nous sépareront. Mais t'as raison de penser à tes funérailles, fais-toi-les payer d'avance. La mairie aura sûrement un geste.

La route se fissure. C'est à cause de la chaleur, le bitume se rétracte, la terre travaille là-dessous. Dans les champs, les vaches perdues dans la sécheresse meuglent à qui mieux mieux.

Elle marche quand même.

Elle a piqué le reste d'argent dans le portefeuille du vieux. Elle lui avait laissé cinq euros pour lui donner un semblant d'autonomie. Aujourd'hui, elle les lui a repris. Son idée d'obsèques, finalement, c'est comme s'il était déjà mort, pourquoi vouloir le préserver.

— Je veux un enterrement à l'église, avec un petit pan de velours rouge, s'il te plaît, pour t'agenouiller au moment où ma mémoire sera honorée.

— Parce que tu crois que tu passeras par l'église ?

— Tu prieras pour mon salut. Et puis tu seras une bienheureuse.

Et là, en général, il se met à dérailler, à pleurer, à dire que plus jamais il ne contemplera de filles à vélo, plus jamais le quotidien, si misérable soit-il.

— Ta gueule !

— Le poids des insultes, je l'ai là – il désigne ses oreilles. Mais ça ne m'atteint pas. Je t'ai toujours eue à la bonne. Tu pourrais être ma fille.

Rouge de colère, elle repense à ses simagrées. Vers la fin il ne pouvait tout simplement plus, mais il faisait croire que son machin remonterait, et elle, comme une gourde, elle attendait, abandonnée. Oui, parfaitement, abandonnée. D'ailleurs un jour elle a voulu le tuer, à cause de cette confusion qui l'accablait, entre son père et lui.

Le vieux est là, inquiet. Il lui demande si elle a des nouvelles du couple qui désire acheter ses toiles. L'air d'un couple sensible, dit-il, surtout elle, avec son petit chapeau de paille sur la tête, genre Vigée Le Brun. Son mari a l'air charmant, lui aussi...

Sa première intention, en les voyant effectivement aussi candides, a été de les rembarrer. Non, mais pour qui se prenaient-ils ? Ils faisaient preuve d'une telle innocence, ils étaient si polis, qu'elle a éprouvé l'envie de les gifler pour leur remettre les idées en place. Vous savez où vous êtes, ici ? Vous savez ce que c'est que de vivre ici, pauvres, à l'année ?

Il s'attable en face d'elle, un verre de vin rosé à la main. Elle lui en achète quatre bouteilles par semaine, en échange de sa pension, quatre bouteilles et du museau sauce vinaigrette. Pour le reste, dit-il, je ne suis pas difficile. Et même si t'es la dernière, sache que j'en ai eu des maîtresses, beaucoup, et des jolies.

Un coup de marteau sur la tête, voilà ce qu'il lui faudrait. Un drap sous le meurtre, les rideaux relevés, venez voir messieurs dames, le spectacle est par là. Il a toujours été là, mais maintenant, avouez-le, vous en avez peur.

Ces pensées la minent. Elle range tout ce qui pourrait faire office d'arme dans des tiroirs, tout au fond, les couteaux, le marteau, la petite scie, ce qui lui saute à la vue et dont elle se méfie. Et dans la cour elle dissimule sous une bâche la vieille serpe, un râteau. Chez eux elle jalonne son parcours d'obstacles, de chaises et de chaussures mises en travers, au cas où les anges iraient voir ailleurs, sur les marches aussi, de manière à tomber et se réveiller pour de bon, à ne pas laisser l'image de la mort violente du vieux devenir réalité.

Retour à *La Ménagère*.

La gérante du Petit Casino, à côté de chez eux, lui a fait une proposition. Pas folle, la guêpe. Quand elle a vu qu'on s'intéressait à la peinture du vieux, elle est venue frapper à la porte. Une nouvelle arrivée, deux ou trois ans qu'elle est là, sans préjugés. Les chiens se sont jetés contre la vitre en bavant. Ça ne la dérangeait pas. Tutoiement immédiat, tout ça impeccable.

— Dis donc, ça t'intéresserait d'exposer deux peintures au magasin ? Je les prendrais tout de suite. Les deux de la vitrine, ou un plus petit format, si tu as.

— Qu'est-ce qui te plairait ?

— N'importe quelle peinture, si c'est moi. Si on pense aux touristes, plutôt des vues de la région. Si on fait affaire, je prendrai une commission. Tu les vends combien ?

— 50 €.

— Très bien. Je les mettrai à 100 €. Il a quoi comme formation, le peintre ?

— Rien. Il a été cheminot.

— C'est bien aussi. Ça fera couleur locale.

— J'ai quelques toiles de petit format dans un placard. Attends un moment, je te les ramène.

Elle a attendu devant chez eux, sans aucune honte. Puis elle est repartie avec une petite fille dans un jardin, en train de donner à manger à une chèvre – une petite blonde en robe rouge, dans un jardin aux choux et aux salades bien verts plantés en ligne –, ainsi qu'une vue du fleuve sous les arbres, deux ombres colorées dans une barque.

Avant de la quitter, elle a dit :

— On ne sait jamais d'où vient la fortune. Je vais leur trouver un cadre et les accrocher. Tu n'auras qu'à passer voir.

Elle n'a rien dit au vieux de l'argent tout frais à se faire et à cacher dans le soutien-gorge.

Lui est soudain revenue l'image de l'agneau à la gueule ensanglantée, aperçu dans un champ, accroché à du fil barbelé et qui, en se débattant, se blessait davantage. Le goût du sang dans la bouche lui a ramené ce souvenir. La peur d'être comme lui, toujours à se débattre, l'a obligée à se lever et à se rendre au Petit Casino où, comme chacun sait, tout est dix fois plus cher qu'ailleurs. Elle a dit :

— Ça fera plutôt 70 €

— D'accord, je les vendrai alors à 120 €.

Pas même satisfaite, elle a cherché les peintures du regard. La petite fille et la chèvre sont à côté de la caisse. La toile n'est pas encadrée, mais elle est jolie à la lumière du néon. La vue du fleuve se trouve au-dessus du bac des surgelés, mal éclairée, mais finalement ça ajoute à son mystère.

En rentrant, elle a complimenté le vieux.

— C'est bien, que tu aimes la Loire.

— Je ne comprends rien à tes lubies, il a répondu.

Paradoxalement, elle est malheureuse à l'idée que ça s'arrête. Ce petit jeu, ce trafic, ces manigances. Malheureuse à l'idée que le vieux puisse mourir d'un jour à l'autre. Elle ne supporte pas qu'il se détériore aussi vite, qu'il ne tente rien pour remonter la pente, un peu de gymnastique, coller son dentier. Les gens, lui dit-elle, quand ils ont mal aux jambes ils arrêtent peut-être de courir, de faire du vélo, mais ils prennent tout de même soin d'eux, ils se musclent, ils sortent s'aérer. Quand tu ne pourras plus marcher, qu'est-ce qu'on fera de toi ? Et puis tu t'entends respirer ? Papa faisait des mouvements des bras et des épaules – elle lui montre : Comme ça, tu vois ? Ça lui ouvrait la cage thoracique et développait son souffle. Toi, tout t'épuise, tu ahanes. Et tu ne fais rien pour arranger la situation. Non, tu te laisses dériver. Tu vas t'allonger. Tu passes ta vie allongé. Tu vis à l'horizontale. Et quand tu montes l'escalier, j'ai droit à des mains crampons sur les marches, au dos voûté, au dentier sur les genoux. Ça m'afflige, j'ai l'impression d'être atteinte d'une maladie mortelle. Je mets mon manteau rouge, oui je tiens à le préciser, je le mets justement parce qu'il est rouge et que ça me donne l'impression d'avoir les pieds sur terre, d'un beau rouge, ça me réconforte, et je sors pour ne plus te voir. Oui, je sais, tu connais la rengaine, mais quand on n'a plus que celle-là il est difficile d'en inventer une autre. Je pense à toi, à ta ruine, et j'ai peur. J'ai peur que notre lien rompe par ta faute. Je n'aurais pas le courage de remonter la pente. À qui je pourrais offrir ma gueule écrasée ? Avec toi, au moins, il y a du drame et de la fatigue. Il y a une mémoire commune, moi si jeune, tes caresses et les miennes, si petites, toutes petites, quand tu conduisais la Peugeot décapotable. Tu t'en souviens ? Premier et dernier grand voyage. Viens, nous filons à Monaco, tu as dit. Corniches, pins parasols, camping au bord de la mer, grillons dans les draps. Premier et dernier grand voyage.

Elle continue à parler en sortant marcher. Partie un an après la mort du père. On l'avait mis dans son cercueil peint par lui-même. L'archange Gabriel et la Vierge Marie mêlés avec lui à la terre – fond bleu, auréoles d'or, rayons de soleil à travers les nuages en guise de regard divin. Il repose dans un coin du cimetière, là aussi choisi par ses soins. Maurice Marito, né en mort en – elle a oublié les dates, pour ce que l'on en fait, après tout. Elle avait commencé sa vie de patachon, ses parties de jambes en l'air. Dans sa campagne, on avait même appelé une vache comme elle. La Françoise ne craindrait pas le taureau, et avec un peu de chance elle ferait beaucoup de veaux.

Le lustre de la salle à manger était tombé la veille de son départ – si ce n'était pas un signe. Mais le miroir était resté intact. Il lui avait renvoyé l'image fendillée et piquetée d'une fille bizarre, assise dans un canapé où elle craignait, tant elle semblait étrangère à elle-même, d'être avalée par de gros coussins mous. Le lustre était tombé dans un fracas épouvantable, ceci à la place de la mère, laissée vide tout ce temps, éclaboussant son absence de poussière et de particules de cristal. Avant de quitter un monde qui s'écroulait, elle avait dit adieu au buste en plâtre de Schubert, yeux blancs et bouche serrée. Il avait appartenu à sa grand-mère maternelle, qui regrettait tant de ne pas avoir appris à jouer du piano. Elle la revoyait, le teint pâle, un peu comme son Schubert, au bord de la tombe, la perruque de travers, les mains longues et décharnées comme des araignées, annonciatrices de mauvais présages.

Le cheminot l'attendait dans sa décapotable. À l'époque, il était toujours fourré dans sa voiture. Le sourire refait et un peu niais, la musique à fond, démodée, genre bal populaire et mauvais tango. Ses mains puaient la peinture à l'huile – sens-moi ça, qu'il disait, très fier. Elles étaient tachées juste ce qu'il fallait pour faire artiste. Pourvu qu'il les pose, bien lourdes, sur ses épaules, elle n'en demandait pas plus.

Première fermette : vue imprenable, un bijou. Les collines ouvraient sur l'horizon, avec un champ de blé au milieu, bien épais, qui la nuit ressemblait à la toison d'une femme aux cuisses écartées, disait le vieux. Jalouse, elle s'imaginait alors gigantesque, les collines se mettaient à battre de son sang à elle, lovée en déesse dans le paysage.

Elle posait, nue comme un ver, tétons dressés. Après avoir déchargé, le lézard peignait, tout en se plaignant de ne pas savoir jouer des transparences comme les Flamands.

— Et si tu prenais des cours ?

— Non, je ne tiens pas à être influencé. Je ne veux pas être dans l'air du temps. Je veux édifier mon univers.

Ils roulaient beaucoup à l'époque, dans cette campagne, à l'affût de la moindre route et de ses paysages. Mais il fallait revenir au point de départ. Il était toujours question de ce marchandage avec la réalité, pour des gens comme eux, qui voulaient jouer aux plus malins.

— Je peux m'asseoir un moment près de toi ?

Elle le considère de la tête aux pieds, repense, peut-être parce qu'il est tout de guingois, à la vieille Peugeot laissée sur le bas-côté, les clés sur le tableau de bord – pas les moyens d'une dépanneuse. Ils étaient rentrés à pied, pleins de déconvenue, ils n'auraient plus jamais de quoi s'acheter une voiture, même d'occasion. Cette marche de cinq kilomètres sous le soleil avait été longue, bien sûr, poussiéreuse et cruelle. Soudés pour l'éternité, du simple fait de leur marche silencieuse. Une éternité roulant ses cailloux sous les pas.

— Je peux m'asseoir, dis ?

Hochement de tête. Pas envie de lui donner de la parole.

Il attend comme un chien. Pour un peu il voudrait l'embrasser.

Elle le regarde, finit par dire :

— Je pense à notre première maison dans le coin, à tout ce que nous mangions de viande, à tout ce que tu buvais, à ce qu'on appelait le paradis.

— Je sens que je vais encore payer mon tribut !

— Je pense au toit qui s'écroulait et au mur qu'on a doublé pour ne pas avoir froid dans la chambre. J'aurais dû te quitter à ce moment-là, au moment où nous avions froid dans la chambre. Tu ne tenais déjà plus rien à l'époque. Tu dépensais tout en couleurs, tu expérimentais et tu en foutais partout, et ça ne marchait pas. Cela n'a jamais marché. Le plus absurde, c'est que j'avais peur de toi. Maintenant tu es une épave, et je ne sais pas comment me débarrasser de toi, de tes livres, de ta poussière, de toute cette boue qui nous a envahis depuis que tu es devenu cette vieille chose, capable de se pisser dessus. Tu me dégoûtes.

— Ici au moins, dit le vieux pour se rendre intéressant et changer de sujet, on est à l'abri des guerres. Si tu savais ce qui se passe dans le monde. Tu devrais écouter la radio. Tu verrais, ici on est protégés.

— Je m'en fiche, de tes nouvelles, de ta radio. Ici, il n'y a que le pain de la veille qu'on nous donne, sec et léger, qui brûle l'estomac. Il y a les chiens, la saleté, et l'euro. Un euro qui ne ramène plus rien. Il y a les factures, le loyer, l'électricité, l'amoncellement des toiles dans le grenier, toutes les périodes, tous les genres, et l'échec surtout, toi tout fichu, l'assistante sociale. Et moi, là-dedans, tu veux bien me dire ce que je fais là-dedans ? Avec un cul-terreux qui croit s'être élevé parce qu'il est devenu cheminot ?

Chaque insulte tinte à leurs oreilles, tue le peu de respect qu'ils ont l'un pour l'autre. Elle plonge le regard dans les petits yeux noirs du lézard, qui ne tressaille même pas.

— Je suis un martyr, soupire-t-il, davantage pour l'égayer. Saint Paul, le martyr !

— La radio est restée allumée, lui fait-elle remarquer. Tu devrais l'éteindre pour de bon, on n'y raconte que des conneries, des conneries qui ne nous regardent pas.

— Ça me tient compagnie. Sinon je fais comment pendant tout ce temps ?

Il ouvre et referme silencieusement la bouche, en roulant des yeux, comme un poisson en train de suffoquer.

— Pas envie de rigoler.

— N'empêche, je fais comment ?

Il continue son cirque. Nouveaux mouvements de bouche, une ventouse qui se décolle doucement, dans un bruit mou. Il rit de bon cœur. Puis se rembrunit presque aussitôt, ce qui est rare de sa part.

— Tu es complètement cinglée, ma pauvre fille ! Complètement cinglée, mais je t'aime.

Ce je t'aime l'insupporte.

— Qui, un vieillard comme toi, peut-il encore avoir la prétention d'aimer ? La sociale, qui te lave une fois par semaine ?

Nouvelle humiliation. Le vieillard imite de nouveau le poisson.

— Un poisson vraiment mort, dit-il en guise d'épilogue.

— Eh, réveille-toi ! Je n'aime pas quand tu ne bouges plus. On dirait une vieille pierre. Je ne sais plus quoi faire de toi.

Ajustement impossible. De chaque côté la méfiance, doublée d'une connaissance intime de l'autre. Oh, comme elle aimerait pouvoir revenir en arrière ! Aux anciennes promenades, lorsqu'elle était seule. Aux quelques mois d'une rare autonomie. Arles et sa couleur bleue, Arles et le Rhône en guise de jeunesse, la petite bague à la pierre grenat qu'elle s'était achetée pour des fiançailles imaginaires. Quelques mois improvisés, les places où chanter, le soleil encore supportable, la propreté d'être soi, oui, cette propreté qui sentait l'innocence, là, dans le cou, en même temps que l'eau de Cologne. Les volets ouverts sur les arènes et les tombes romaines, si petites les sépultures en forme de berceaux. La mort lui semblait loin, et elle en inconnue, souriante, sur une photo Polaroïd. Une amnésie provisoire et merveilleuse, une rémission avant la chute en elle-même.

Depuis elle s'évertue à remonter. Au fond du trou, parois lisses, à l'extérieur sol fissuré d'après les séismes. Sens inné du tragique. Non, pas un brin de sourire là-dedans.

Maman relevée dans son cercueil, sa tasse de thé à la main, le regard opaque, chante une ritournelle macabre, un long poème infernal. La chute encore et toujours. Elle s'est mise à sentir fort. À puer le ciel et la terre, à vouloir sortir du décor. Se dégonder comme une porte qu'on enlèverait, hop dehors, brûlée à la chaux vive, finie en cendres, passée à la moulinette.

Éternellement revenue, les muscles douloureux, l'échine pliée. Revenue dans la bouche et les yeux, dans le sexe aussi, visites de courtoisie, la voix en berne, et toujours la chute. Au début, crier d'effroi, dans cet effroi la jouissance. Se souvenir des hommes et des femmes qui ont compté pour elle, une poignée en un éclair. Au fond du trou, la carte postale de la ville idéale. Arles, Monaco, Saint-Sauveur, oh oui Saint-Sauveur et son petit optimisme, pas le château à visiter, ni le musée, non, Saint-Sauveur pour être sauvée, comme un petit animal déposé à la clinique vétérinaire, à la sortie du bourg. Toujours à la sortie des villes les vétérinaires, c'est plus pratique pour leur amener les bêtes les plus grosses, les éléphants et les panthères perdus, pour les autres pas d'espoir, tués par les chasseurs qui les traquent jusque dans leurs tanières. Mais elle, même avec son cou de girafe, elle n'arrive pas à sortir la tête du trou. Dans sa chute elle a emporté des draps, qui ont tiré à eux la maison et le vieux, bien sûr, ce vieux tombé comme un astre mort depuis si longtemps.

Qu'est-ce que je fais là ?

Se laver, s'habiller, manger, déféquer, l'amour, ah l'amour, l'art, la pensée, tout ce qui fait ouvrir les volets et oublier ce vertige, les ténèbres profondes, comme de la belle encre de Chine indélébile qui coulerait au coin des lèvres. En guise de parole, un filet d'obscurité, des nuits à manger.

La chute, toujours, mots comptés, comme les pas, dans le trou où il y a tout de la vie, en ruban.

Et hop, catapultée, de retour malgré tout. La revoilà, ramenant des ténèbres le noir profond de ses yeux, la rage de devoir continuer cette vie servie sur un plateau.

— Je vais faire un café. Tu en veux ?

— Madame a des civilités, dit le vieux avec un sourire qui se voudrait narquois, mais qui ne fait qu'ajouter au flou de son visage.

Je voudrais que le décor cesse de tourner, que la peur me lâche les reins, pense-t-elle. Comment se répare-t-on soi-même ?

Café en dosettes, tasses ébréchées, cinquante centimes pièce au vide-grenier il y a deux ans.

Elle revient en traînant des pieds.

— On a enfermé les zinzines, elles ont quitté la colline. Avec la canicule, il paraît qu'elles ont perdu la tête l'une après l'autre. Celle aux cheveux longs et blancs, elle tapait sa sœur à coups de casserole, et l'autre, la sœur en question, elle rentrait chez elle par la fenêtre, après avoir erré sur la route et arrêté des gens pour qu'ils viennent lui rendre visite. Tu vois, on n'en est pas là encore. Tiens, ton café.

Agacement de le voir trembler.

— On dirait que tu te plais à faire plus vieux que tu ne l'es.

— Je suis vieux, c'est tout.

— Tu es un monstre d'égoïsme et d'infantilisme. Tu as beau être vieux, j'ai comme la sensation que je mourrai la première. Comme je te l'ai dit, je suis passée devant chez les zinzines.

— C'est loin.

— J'aime marcher.

— C'est quand même loin.

— La maison est fermée... Il y avait deux pinces à linge sur le haut du grillage de leur clôture. On aurait dit que c'était elles. Les deux sœurs, côte à côte, inséparables, comme lorsqu'elles se tenaient sur le perron. Eh bien elles ont fini par l'être, séparées. Leurs deux vies se résumaient soudain à ça, aux deux pinces à linge. J'ai pensé qu'on était pareils. Qu'on n'avait pas grand-chose et que ce pas grand-chose nous unissait. J'ai cru m'évanouir en y pensant. J'ai marché longtemps, je ne voulais plus rentrer. Heureusement qu'on ne mange plus ensemble. Tu te souviens de cette manie de mettre le sel et le poivre toujours à la même place, à table ? De notre façon de nous épier pour voir si on gardait les bonnes manières ?

— Ne pas prendre le fromage avec les doigts.

— Ne pas sortir de table.

— Ne pas pousser la nourriture dans l'assiette avec les doigts.

— Ce genre de bêtises.

— Manger la bouche fermée.

— Ne pas jeter le jus des tomate, le boire à la petite cuillère.

— Oui, tout ça, le pas grand-chose. J'ai beau partir, je reviens toujours. Il faut croire qu'il y a encore beaucoup de pas grand-chose entre nous. Tu as remarqué que je suis moins en colère ?

— C'est vrai.

Ils se taisent, engourdis par la conversation. La radio continue de vociférer à l'étage, un type s'est fait sauter sur un marché, un autre a décapité sa femme, un chien est tombé de la terrasse d'un immeuble, il fera beau en cette fin de semaine.

— Pourquoi m'as-tu bluffée avec ta peinture ? Chaque fois que tu me faisais poser, c'était l'occasion de me sauter.

— Tu rabâches. Tu ferais mieux de te regarder dans un miroir. C'est fini, tout ça.

Elle s'est agenouillée aux pieds du vieux. Un miracle qui se produit deux trois fois l'an. Elle regarde les chevilles enflées, toute cette mollesse, cette fragilité. Elle se redresse et dit dans un élan, en véritable tragédienne :

— Tu es plus désarmé qu'un rat pris par les eaux, qu'un chat qui agonise dans son coin. Ta vieillesse est chaque jour un peu plus lourde. Tu m'épuises, tu arrives encore à m'inquiéter.

Puis ils restent là, à pourrir dans le salon.

Elle marche, marche, dans sa tête. Marche sans avancer. Lâche la tasse qui s'écrase sur les tomettes.

— Même pas cassée, dit le vieux, après avoir mis un temps fou, depuis sa chaise, à se pencher sur l'objet.

— Le fils de la boulangère est revenu de vacances, il était à Venise. Je l'ai entendu dire que Venise, c'est beau comme un mirage. Qu'on peut avoir vu des tas de photos, quand on arrive on est tout déboussolé. Toi, ta Venise, tu l'as mise sur la toile et tu l'as gâchée.

— Ne recommence pas.

— Je ne peux guère aller plus loin que la sortie du bourg. Et à la sortie du bourg, mon corps enfle, il devient si ample, ça cogne tellement là-dedans, que je prends peur et rebrousse chemin. Je reviens me recroqueviller contre toi. Le pire, c'est que quand on te mettra à l'hospice, je ne serai même pas soulagée.

Elle s'agenouille de nouveau à ses pieds. Le lézard lui caresse la tête.

— Tu devrais mettre un chapeau quand tu pars te promener. Ça te tape sur la cafetière, les jours de canicule.

Elle préfère ignorer la remarque, ce sera ça de dispute en moins.

— Je regrette le peuplier qu'on voyait depuis notre ancienne maison, gémit-elle comme une enfant. C'était un repère formidable. Si haut que l'écureuil se jetait dans le ciel pour passer à un autre arbre. Je regrette ce point fixe qu'était le peuplier. On avait des chaises longues, on était bien, dans le jardin, à compter les étoiles filantes. Le matin j'ouvrais les volets sur la lavande. On ne connaissait personne, mais on était bien.

— On ne connaît toujours personne.

— Oui, mais le temps a passé. Je le mesure à la bosse du marchand de journaux, quand il ferme sa boutique, à ses cheveux blancs. Et je ne parle pas de nous.

Elle se met à pleurer à petits hoquets maladroits, trop bruyants pour être sincères. Comme d'habitude, elle attend la main bien lourde du vieux contre sa tête.

Puis elle se ressaisit. Le goût de la plainte en allé, une plainte merveilleuse et salutaire qui l'a posée un instant hors du monde, comme une petite âme sur le rebord de la fenêtre, oui, tiens, comme une petite hirondelle à trille, aussi délicate, électrique, empressée d'aller voir ailleurs, elle se relève et sourit, encore perdue dans son bien-être. Dents cassées, sourire de traviole.

— J'y arriverai, dit-elle.

— On ne sait pas à quoi, mais oui, tu y arriveras.

Elle le pince à l'avant-bras, en lui tordant la chair, un méchant pinçon. La peau se plisse davantage. Puis elle lui pince le nez, éclate de rire devant son air vexé. Elle cherche au bout des épaules les os saillants, contre lesquels elle frappe doucement. Elle pourrait frapper plus fort – songe le vieux à sa merci. Puis elle chantonne une comptine d'une voix aiguë, et son petit cul se trémousse. On ne devrait la voir que de dos. On s'emparerait par-derrière de sa poitrine, elle ne verrait rien venir, on la tordrait, comme elle m'a tordu le nez, pense le vieux.

Une chanson douce, une complainte, une envie de voir la mer, les petits bateaux et tout le tintouin.

Elle tourne autour du vieillard en lui tirant la langue. Si ça lui fait du bien, un tel bond en arrière, pourquoi pas. Le lézard, qui connaît sa petite folle, demeure imperturbable – une pierre où l'on devine les yeux, le simulacre d'une bouche.

Enfin, c'est toujours le dernier épisode, elle esquisse quelques pas de danse sous l'emprise d'un rêve qu'elle a elle-même dilaté, court dans sa chambre, ouvre l'armoire.

Les êtres disparus nous plongent dans l'abîme à cause de ça, des vêtements et du corps à mettre dedans, un petit squelette à habiller, marmonne-t-elle, revenue à elle-même.

— Ce n'est pas la peine que vous veniez faire sa toilette, a-t-elle dit à la sociale. Je veux bien faire un effort.

Elle a laissé le vieux en plan devant le lavabo, en train de se regarder dans le miroir, son brin de toilette ni fait ni à faire. Elle l'abandonne partout. Devant son assiette de riz, dans son lit jamais vraiment fait, son matelas est trop lourd, et puis ce sont ses affaires après tout.

Dans l'armoire, outre les vêtements de la mère, il y a un vieux bouquet de lavande qui perd ses grains, une couette, deux couvertures d'un jaune sale, une tapette à mouches en plastique rose, un tapis assez mou et léger, plié dans le fond, qui servait à tapisser le coffre de la voiture, sur lequel le lézard rangeait ses toiles. Un sac bleu Ikea, qui date de leur première installation – un vrai jeune couple en lune de miel. À leur arrivée, une voisine s'était permis de lui dire : Comme ça, on aime les vieux ? On se marie avec son père ? Non, on aime les artistes, avait-elle répondu. Et la voisine, d'âge mûr, qui s'ennuyait à devenir vipère, avait ajouté : Et les clowns, vous les aimez aussi ?

Tout, sauf une jeune femme, ainsi s'est-elle éprouvée. Un animal balourd, un garçon déguisé, toutes sortes d'idées farfelues en tête, un désir d'exploration qui n'appartient finalement pas aux filles.

Sur l'étagère, toujours dans l'armoire, à côté d'un porte-monnaie plat et squameux, une culotte noire trouée, un petit chemisier blanc, des chaussures, une montre au bracelet de cuir rouge, qui ne marche plus bien entendu, elle retrouve un papier plié en quatre sous un caillou, un papier contenant une liste de résolutions, du temps où elle croyait encore à la vertu des bonnes paroles. La première d'entre elles a été écrite au moins vingt fois pour qu'elle lui rentre dans la tête : je ne dois pas me mettre en colère, je ne dois pas me mettre en colère, je ne dois pas me mettre en colère... et puis : je dois respecter le vieux (sinon on m'enlèvera la pension). Plus loin : demander de l'aide pour sa toilette, accepter que la sociale entre dans la maison, supporter son regard soupçonneux. Plus loin encore : je veux qu'on m'alloue une petite rente pour m'occuper du vieux, que l'État reconnaisse mon effort. Encore plus loin : ne pas le maltraiter, ça se verrait. Et enfin : une prière inventée, une prière à ses anges aux ailes enroulées.

Elle marche dans sa tête sans trop de conviction, y contemple son corps d'autrefois, jambes longues, une taille fine, mais toujours cette tête mal faite au-dessus, une poitrine à son acmé. Cherche papa et maman – drôle de femme, qui n'a pas su grandir.

En rentrant et en retrouvant le vieux, elle se prend à aimer la laine rouge de son pull, si douce, si moelleuse. Elle aime également la main posée dessus, tachée par l'âge et si tranquille. Elle se réfugie en pensée dans le creux de cette paume, sans que le vieux le devine. Lui, ne sait que sa difficulté à être enfermée. Le plaisir qu'elle éprouve en le frappant n'est qu'une trop grande énergie prise au piège, une boule d'appréhension et de peur qui roule au fond d'elle-même.

— Paul, dit-elle.

— Ça fait si longtemps que tu ne m'as pas appelé par mon petit nom.

À la lisière de la mémoire, lui-même perdu dans le paysage d'autrefois, y prenant place comme dans une peinture, collines où le petit Paul courait éperdument, vers qui, vers quoi, la puissance du souffle par tout le corps, il dit, les mains noueuses se confondant presque avec les accoudoirs en bois du fauteuil, sous les poutrelles que les vers rongent et font tomber lentement en poussière, il dit, à regret, de cette voix chevrotante et usée dans laquelle on percevrait facilement de la peine, mais ce n'est qu'un effet de la vieillesse, il dit, sa bouche s'arrondissant :

— Je... non...

Et ça prend son temps, ces seuls mots prononcés doucement s'accordant à la lumière tamisée... il se reprend et dit :

— Tu es...

Ça dure, elle attend, les yeux rivés sur lui, ça a l'air nouveau ce qu'il va dire, ça va sûrement la clouer sur place, lui donner du sens, elle attend...

— Tu es mon... Tu es mon dernier amour.

Effectivement, ça la paralyse, mais ça n'a pas l'effet escompté. Encore une fois, ça lui redonne le chemin à l'envers, le miroir aux alouettes.

Oublieux de son état, il lisse ses cheveux du plat de la main, d'un geste élégant qui lui rappelle, là aussi, le bon vieux temps, celui du peigne dans la poche de son pantalon. Il se coiffait pour un oui pour un non, la tignasse plaquée en arrière à coups de gel et d'eau de Cologne. Et cette andouille d'ajouter, toujours comme au bon vieux temps, à peu de choses près la même réplique :

— Mets ton manteau, nous filons à Paris.

— Quand ce n'est pas Monaco, c'est Paris. Et qu'allons-nous faire à Paris ? Nous allons guincher, c'est ça ?

Sachant ses paroles vaines, elle se saisit de sa revue, *La Ménagère française* – décembre 1919, et monte à l'étage.

Elle se met à la fenêtre. Au moins respirer un peu d'air frais.

Dans les arbres, là-bas, au fond, dans le ciel, sur la haie du voisin taillée au cordeau, dans les sourires et les poignées de mains, elle marche. Elle marche partout où elle peut. Marche dans le souvenir, dans l'abandon, l'acceptation. Allume le minuscule poste de télé : ça neige encore à la campagne. Allume le décodeur : et revoilà la crise, l'euro, la guerre, le voile, les bombes. Éteint la télé. Seuls luisent les mots rampants de l'enfermement et de la séparation.

Le vieux partira bientôt. L'assistante sociale est passée le leur annoncer. On s'occupera de lui, il sera bien mieux qu'ici. Et cela voudra dire, elle toute seule, son gros chat gris sur le lit, les chiens en bas contre la vitre. Mieux vaut ne pas y penser.

Dans son fauteuil en osier, flingué par les griffes du chat, elle reprend sa *Ménagère française*, lit au dos une phrase qui la heurte : « Cet ouvrage est aussi intéressant que précieux à conserver. »

Et eux, comment les conserve-t-on ? A-t-on pensé à cela ? A-t-on pensé que cette revue pouvait tomber dans un décor boueux ? A-t-on pensé que ce genre de revue pouvait faire rêver ? Qu'à force de rêve, la panique pouvait vous étreindre ? Car où conserver un si beau rêve, dans quel endroit digne ?

Le grillage vert accroché à la fenêtre du voisin, en face, au même étage, vient de tomber. Un assemblage précaire, contre les pigeons, qui se décroche les jours de grand vent, dans un tintamarre épouvantable, sans qu'elle songe à s'en plaindre.

Ce qui ne va pas, c'est cette peur à l'idée d'être sans le vieux. Elle l'imagine, aussi maigre qu'elle, rouler dans la rue principale, jeté depuis un seau par la fenêtre. Ou en boule de gui greffée à son bras, nécessaire, insupportable. Elle a même eu le courage de dire, pour marquer les esprits :

— Vous m'amputeriez, en me l'enlevant.

— La séparation vous fera le plus grand bien, a répondu l'assistante sociale.

— Du bien à qui ?

— À lui, pour commencer.

— Oui, pour commencer. Et après ? a dit le lézard.

— On comprend bien que vous ne vouliez pas partir, monsieur Ladier.

Des enfants s'amusent dans la rue. L'été et ses nuisances. Les petits imbéciles jouent à se cacher. On voudrait tous se cacher et surgir en criant, en riant, heureux de se retrouver ensemble. Au début, on le voudrait tous. Ils doivent se montrer leurs zizis et leurs petites fleurs, comme au premier jour de la Création. Et l'autre voisin, en bas, qui sort admirer ses nouveaux volets métalliques, impossibles à défoncer, c'est ce qu'il dit à sa femme. On devrait tous pouvoir se cacher, rire, et craindre de se faire cambrioler.

Chaque chose à sa place.

Elle relit la phrase : « Cet ouvrage est aussi intéressant à lire que précieux à conserver. »

Elle ne la comprend pas vraiment. Et moi ? Suis-je à conserver ? Le vieux, oui, sûrement, à l'hospice. Là-bas, on conserve précieusement.

— Mon œil ! a dit le lézard à la sociale. Là-bas, c'est un mouroir, ici je me maintiens.

Toutes les bêtes, tous les insectes, jouent au mort sitôt qu'on les a repérés. Pas la peine de les imiter. Tu ferais mieux de te secouer, elle a dit au lézard, en ayant honte de sa demande déguisée : qu'il aille un tout petit peu mieux et qu'ils continuent de se battre, après tout ce n'est qu'un jeu.

— Ça finira par mal tourner, a dit la sociale.

Elle n'a pas appris à être tendre. Avec les animaux, à la rigueur. Sinon elle ne sait pas. Elle a juste le cœur qui bat fort, si elle reste seule trop longtemps.

Alors, elle marche, marche. Toute peinturlurée parfois. Une vraie tête de clown. Une tête qui voudrait être celle de la mère. Faire comme elle. Les paupières mauves, un trait de crayon au bord des cils en haut et en bas, du rimmel, du rose à joues, comme maman, qui continue encore et encore à se maquiller sous terre, parce qu'elle n'a pas grand-chose d'autre à faire et qu'elle veut être parée pour quand les morts ressusciteront. Elle joue à lui ressembler. De la salive sur le doigt pour effacer le surplus de crayon, yeux étirés à l'eye-liner, cheveux ébouriffés, du rouge à lèvres jusque sur les dents, de la poudre pour blanchir le teint, de la poudre qui ne tient pas et tombe sur le col. La voilà prête pour le bal.

Le vieux la ramène à elle.

— Non, mais tu as l'air de quoi. Tu t'es vue ? On dirait une... Il s'arrête là.

— Eh bien, dis-le ! Que je le sache à la fin ! D'une pute ? D'une folle ?

Il baisse la tête pour éviter les regards furieux de sa donzelle, qui n'en est plus tout à fait une, même si vingt-sept ans les séparent – finie, fanée, la jouvencelle.

Ils se laissent quelques moments de répit, se replient chacun dans une pièce, à bout d'ennui reviennent coller à l'autre, dans cette intelligence relative, limitée, très limitée, de leur existence.

— Si on y pense, dit-elle, même le pauvre vieux pépé dans la rue à côté, quand il disparaîtra, ça fera un grand vide, alors qu'on le connaît à peine. Ce pauvre vieux, mine de rien, il est comme toi, il tient un pan du décor. Il tient sa maison, la rue, une partie du quartier, simplement en restant assis là, sur un banc devant chez lui, avec son chien, son petit Rex qui lui lèche la main. Même le petit Rex, on sentira son absence, comme la tienne, mon lézard. Et quoi qu'on en dise, même si j'ai voulu être ailleurs, même si j'ai cherché par tous les moyens à m'extraire de ce lieu, moi aussi j'ai imprégné l'endroit de ma présence, et les chiens aussi, et ne parlons pas du chat. On a fait notre trou. Pour sûr, on rasera la boutique après nous, mais même sans la boutique, au moins pendant un certain temps on pensera aux Ladier.

Elle dit ça avec sa figure de clown mangée par la tristesse. Le maquillage s'effacera de lui-même d'ici trois ou quatre jours. En attendant, elle ne se gênera pas pour sortir avec le rimmel qui aura dégouliné. Et elle se dira qu'elle ressemble à sa mère quand elle n'avait pas le courage de nettoyer son visage et qu'elle restait avec des vestiges de fête, la poussière des rires dans la gorge, à quatre ans on peut s'en souvenir parfaitement. Le monde s'arrêtait net sur cette pauvre figure, les visages des petits autour d'elle comme autant de verres brisés, pleins d'une tragédie à laquelle elle ne voulait pas consentir. Mais c'était trop de fatigue, trop de fatigue, disait la mère en guise de consolation.

Elle marche dans le bourg. Les enfants qui la connaissent ricanent ouvertement, elle n'en a rien à faire.

Pour l'heure, visage en déconfiture, accoudée à la fenêtre, elle écoute le vieux grimper jusqu'à elle. Il prend tellement de temps à monter les marches qu'elle s'imagine en haut d'une tourelle, prête à prendre son envol.

Elle marche, marche, en attendant de le voir apparaître sur le seuil, se demande à quel moment ça la prend, cette brume, ce coton dans la tête, ces pensées obscènes à la place du cri, elle s'envoyant en l'air, cuisses écartées, une longue file d'hommes devant son sexe. On entend du Johnny Hallyday au loin, le garagiste et sa passion de midinette.

Peut-être que cela vient de la rumeur. Elle n'était qu'une enfant. On soupçonnait le père de fréquenter des bordels de campagne. Elle le suivait en pensée. Pour se venger, elle imaginait se coucher en miroir de son désir. Tous les hommes portaient une cagoule, sous la cagoule un visage qu'elle redoutait de découvrir... Le père, de plus en plus vieux, disparaissait des journées entières, les collines l'engloutissaient, il en revenait fourbu et heureux.

Mais c'est certainement plus compliqué, plus vaste, ça doit tenir aussi au fait d'avoir jambes pieds tête et tout le reste.

Elle tourne autour du prunus, s'appuie contre le tronc. Brouillard et boue, elle en inconnue.

Marche encore.

Ça ne l'étonne qu'à moitié de la voir dans sa chambre à lui, avec sa petite gueule de clown. Elle a trouvé refuge sur son lit. S'acharne à vouloir retrouver le temps perdu. Dit, assez bêtement d'ailleurs, qu'elle aimerait être protégée. Il la rassure de quelques mots, pas grand-chose, des « là là » dispensés parcimonieusement. Puis il prétexte un mal de tête, un bobo quelconque, pour s'allonger près d'elle, sans se soucier de la protéger ou non, lui-même désormais si faible, si vulnérable. Une vulnérabilité qu'il tait, de crainte qu'elle ne prenne la mouche. Quand elle n'a pas ce qu'elle désire, elle devient redoutable.

— Petite gueule d'amour, lui dit-il, d'une voix grave et lasse, comme s'il pouvait s'attendrir encore.

Et le mot « amour » résonne à ses oreilles, tache les draps de rimmel et de rose poudré. Avant qu'elle ne se réveille de ce mauvais rêve, il ajoute doucement :

— Fais-moi un peu de lecture, veux-tu ? Faisons la paix.

Il lui caresse la tête.

— Es-tu allée à la bibliothèque retirer un livre sur les serpents ?

Silence.

— Non ?

Nouveau silence.

— Eh bien, lis-moi un bout de ta revue.

Elle ravale ses larmes. Ouvre la revue au hasard. Mais avant de lire :

— C'est si difficile que ça de changer de vie ? De s'accorder une nouvelle chance ?

Il ne dit rien. Mieux vaut se taire dans ces cas-là, son expérience l'a beaucoup mûri. Son silence l'épate, elle songe qu'elle devrait davantage s'intéresser à lui, lui accorder un peu de vie intérieure, au lieu de le voir comme un vieux ramassis inepte. Son mutisme continue de l'impressionner. Il aurait dû toujours être ainsi, au lieu de jouer les jolis cœurs. De toute façon, pense-t-elle, ils sont et resteront aussi idiots que les grosses fleurs défraîchies du papier peint au-dessus du lit.

Tous les deux couchés, côte à côte.

— Dommage que tu n'aimes pas la télé, soupire-t-il. Ni le bel canto.

— C'est fini, tout ça, les petits sentiments et l'eau de rose.

— C'était bien plus. C'était de la passion.

— Du vibrato tout faux.

— Si tu le dis.

— En tout cas, c'est fini. La sociale est là aussi pour te le rappeler.

Nouveau silence.

— Alors, tu me lis un bout de ta revue ?

Chaque fois c'est pareil. Elle aura beau tenter de le formuler, ce qui est pratiquement impossible, ou le taire, chaque fois c'est au bord de la panique qu'elle rentre. De grosses boules rouges lui brûlent l'estomac, la langue, la gorge.

Et chaque fois elle se demande de quel mystère elle est la dépositaire, pour ne jamais être tranquille. Pourquoi la respiration doit-elle se conjuguer à une anxiété qui lui fait perdre jusqu'aux mots les plus simples. Toute tourneboulée, elle se précipite alors sur les bonbons. Ils lui gonflent les joues, du sucre pur, du chocolat qui croustille, ça vient par billes, elle les croque, les suce, les mâche. Les chagrins, les effrois, fondent dans la bouche. Elle cherche encore le fil de ce qui a pu la paniquer, ne trouve rien de probant. Un vertige qu'elle aurait amplifié, la crainte de s'évanouir ? Une lumière trop forte ? La chaleur ? Autre chose de plus lointain qui ne l'intéresse plus ? Pendant ces crises qui la prenaient enfant, toute à son roulis, elle se souvient que son père pour la consoler lui donnait des cuillerées de miel. Elle les avalait d'un trait, ça lui enveloppait la gorge et tout allait mieux. Encore une cuillère, ma petite, et la peine passait, encore un bonbon. Même la nuit, en s'endormant, quitte à les avaler de travers, elle suçait ses bonbons. Ça l'aidait à voir sa mère sur un nuage.

Elle se serre contre le lézard, qui n'en perd pas une miette. Bien décidé à se défendre contre la sociale, il lui dira, lors de son prochain passage : Laissez-moi tranquille. Je suis bien, ici. La petite me fait la lecture, je me tiens au courant. Je me passe de vos questions à la noix pour voir si j'ai bien toute ma tête ou non. Qui est le président de la République, comment s'appelle le pape, qu'est-ce que la couleur bleue ? Alors que des ciels à la Tiepolo, vous n'en avez aucune idée. Laissez-moi avec elle. Non, elle ne me fait pas à manger. Mais elle me donne des bonbons. Oui, elle m'insulte. Mais je devine qu'au fond d'elle-même elle en est la première étonnée, ça la tracasse. Je le devine à ses silences, à son corps tout tendu de haine et de tristesse. Et puis parfois elle se balade nue devant moi, et ça, à mon âge, ça n'a pas de prix. Elle va jusqu'à me frôler. Elle ne se rend pas vraiment compte qu'elle est nue. Elle se déshabille comme si je n'existais pas, elle veut se mettre en chemise de nuit. À ce moment-là je m'arrange pour attirer son attention, je gratte, je fais un peu le rat. Elle me regarde et se met en colère. Ça ne rate pas. Elle tempête. Je la reluque, je repense à toutes mes maîtresses. Je trouve qu'elle a raison. Il peut m'arriver d'opiner du bonnet, ce qui la rend encore plus folle. Nous nous sommes trompés, mais nous tenons l'un à l'autre.

Il la regarde. Il avait oublié sa figure de clown siphonné. Une main maigre qui le tapotait l'a fait revenir à lui. Elle lui tend quatre grosses billes de chocolat.

— Ouvre la bouche.

Il obéit, suce à grand bruit.

— Tu retombes à toute vitesse en enfance. Et elle n'est pas belle à voir !

— Alors, ta *Ménagère heureuse*, tu me la lis ?

Une poupée aux yeux énucléés, aux cheveux arrachés – tiens, papa, je n'en veux pas, je préfère rester avec toi. Pauvre chou, et il retournait à sa peinture. Les peintres d'église n'ont d'autre choix que la modestie et la misère. Elle grimpait sur la chaire pour tenter d'approcher le ciel et ses anges, un petit ciel de province, une modeste église à restaurer inlassablement, selon l'idée du curé. Tout y figurait, l'église et son cimetière, le bourg, si désert qu'il ressemblait davantage à un village, le paradis bleuté pour les ouailles.

Elle se souvient qu'elle laissait longtemps la main dans l'eau bénite, désireuse de la voir se transformer en grenouille, car d'où pouvait venir sinon l'expression « grenouille de bénitier ».

Elle se racontait toutes sortes d'histoires. Encore maintenant. Avant de se coucher, elle regarde sous le lit si le loup-garou n'y est pas. Elle dépose sa figure contre le carrelage, pourrait y rester des heures. C'est comme si elle sentait une ombre s'échapper d'un recoin de la maison, une masse informe et gluante qui ramperait jusqu'à elle. Un homme à moitié hibou ou chien. Un extraterrestre. Qui lui donnerait enfin la dimension absurde de toute existence, qui l'enverrait loin dans l'univers, dans un trou noir. Un trou aussi noir et gigantesque que sa bouche édentée, un trou empli de citadelles, comme l'on dit que les intestins en renferment, elle l'a lu récemment dans une revue scientifique. Et dans les intestins, s'est-elle prise à songer, dans mes entrailles, les milliards de cellules et autres choses vivantes ont peut-être peur elles aussi, peut-être inventent-elles toutes sortes de manies, croient-elles en Dieu, un petit dieu quelconque. Soulagée, elle se relève. Elle sait qu'elle ne trouvera personne sous le lit. C'est simplement une manière de croire à ces contes.

Avant d'éteindre la lumière, elle vérifie que la porte de sa chambre est fermée. Sait-on jamais, le vieux pourrait avoir le don de se métamorphoser. Avec toute la rancœur accumulée – elle calfeutre le bas de la porte d'une serviette de bain –, il ramperait comme un boa pour venir l'étrangler – elle tient à cette métaphore de la reptation. De toute façon, hors de question qu'il pénètre dans sa chambre pendant qu'elle dort.

Elle lui fourre deux nouvelles billes de chocolat dans la bouche.

— Croque-les, au lieu de les sucer, tu verras c'est meilleur.

Il obéit pour avoir la paix. Puis il se racle la gorge à cause du sucre, finit par dire d'une voix enrouée :

— Alors, petite, ça vient, cette lecture ?

En guise de préambule, elle lit le sommaire :

— « Enseignement familial de la ménagère française. Culture enfantine. Jardins d'enfants, occupations froebéliennes, gymnastique rythmique, jeux de mouvement. Éléments de la musique, du dessin... »

— Qu'est-ce que ça veut dire « occupations froebéliennes » ? demande le vieux.

— Aucune idée.

Ils demeurent pantois devant l'ampleur d'un tel enseignement et leur peu de culture.

— Tu devrais passer à autre chose, suggère le vieux.

— « Quelles sont les meilleures carrières techniques pour les femmes ? » par Maurice Fay.

Elle s'arrête.

— J'en ai marre. Je ne peux pas faire ce que je veux.

— Qu'est-ce que tu voudrais faire ?

— Rien.

— Tu ne fais déjà pas grand-chose.

— Oui, mais c'est rien que je veux faire. Avoir l'esprit libre. Pouvoir être seule, ne pas avoir à m'occuper de toi. Ne rien faire et laisser le temps couler, le laisser tourner hors de la boucle, voir comment il m'attrapera, le laisser me visser là ou au contraire me donner des ailes. C'est du temps que tout viendra, pas seulement la tombe et les fleurs. Je veux être libre. J'en ai marre d'avoir un programme bien défini. Marre de nourrir le chat, de changer sa litière. Marre d'avoir à me justifier. Je voudrais qu'il n'y ait rien dans ma tête. Rien.

— Reprends donc ta lecture.

— Plus d'ordre, plus d'occupation. Plus aucun conseil. Laisser la place à autre chose. Comme ça il n'y aura plus de peur. Tu es le seul à qui je peux parler. Tu comprends ça, toi. D'ailleurs, autant que tu le saches, et ça va te plaire : tu es le seul à avoir deux peintures exposées au Petit Casino. Voilà, je te l'ai dit.

Le vieux comprend aussitôt et sourit de bonheur. Il en frétille même. C'est merveilleux, songe-t-elle, on lit en lui à livre ouvert.

— Ça te donne de la perspective, non ? Et puis n'oublions pas le jeune couple qui désire t'acheter un ou deux tableaux, il finira bien par repasser. Pas mal aussi, non ? Eh bien, tu veux que je te dise une chose ? J'en ai marre de cette organisation pour quelques euros. J'en ai marre de te cuire du riz, d'entendre les chiens aboyer. Marre des comptes à rendre. Marre de cette maladie qui nous ronge, la maladie de nous deux. Marre de te savoir bientôt attaché au fond d'un hospice – tu remarqueras que moi, au moins, je ne t'attache pas. Je voudrais l'éternité du vide, mais vivante. Je voudrais être le vent, le ciel, les arbres. Je ne veux plus rien d'humain ou d'animal. Je voudrais par exemple être une haie bien taillée qui s'entête à repousser, à vouloir toujours aller plus loin, même et surtout si on la taille. Parce que moi, j'ai perdu toute persévérance. Tu vois, finalement, j'aurais aimé te préparer un repas, ce soir. En ramenant le paquet de bonbons, je me suis dit : je lui ferais bien des courgettes farcies, au lézard, avec la chair à saucisse qu'on soldait au Casino. Je voulais le faire. Et puis soudain j'en ai eu marre. Marre de tout, et je ne sais pas comment me sortir de là.

Habitué à ses logorrhées, celle-ci d'une teneur assez différente, il en convient, préférant qu'elle parle plutôt qu'elle ne le frappe, le vieux dit :

— Une haie ? Comme c'est étrange.

Silence.

Mû par un brin de masochisme, il ajoute :

— Est-ce que je te dérange ?

Elle secoue la tête en signe de dénégation.

— Je ne te dérange pas, là, maintenant ? demande-t-il, décontenancé.

— Pas vraiment. Tu vas être bientôt vide de notre vie, toi aussi.

— Tu veux bien reprendre ta lecture ?

— Je n'arrive même plus à lire. Ça me fiche une boule d'angoisse, toute cette organisation parfaite à laquelle on aspire. Et je t'avertis, ne me dis pas de bêtises comme : la vie est belle, l'homme fait son malheur, comme on fait son lit on se couche, ce genre de dictons qui font supporter la misère. Ce que je veux, moi, c'est faire sauter la clôture du monde.

Faire sauter la clôture du monde, répète-t-elle.

— Autant abattre les murs de cette maison, ce sera plus simple, dit le lézard.

— Je me comprends. Je voudrais manger le ciel.

— Lis donc à la place.

— C'est cruel. Je n'en peux plus, de cette *Ménagère française*.

— Tu mangeras le ciel en son temps. Pour l'instant, profitons d'une petite lecture.

Elle regarde le ciel laiteux par la fenêtre.

— Alors, fillou, ça vient ?

Elle lui tend deux billes de chocolat, s'en fourre trois ou quatre dans la bouche, anéantissant par là tout rêve, toute démesure.

Elle reprend sa revue, l'ouvre au hasard.

Les salopes ! ne peut-elle s'empêcher de penser. Toutes ces salopes, à la bonne éducation, qui prêchent pour leur petit intérieur feutré. Saletés de bonnes femmes !

Elle lit : « Le linoléum. – Par définition même, l'huile de lin est le lait nourricier du linoléum et lui communique à la fois solidité, beauté et souplesse. Lors donc que vous aurez affaire à un linoléum terni, encrassé, sec et présentant des commencements inquiétants de craquelures... »

— Écoute-moi ça : « des commencements inquiétants de craquelures... », soupire le vieux.

— Ne pense pas à ta peinture, lézard. Sur ce point-là au moins tu peux être tranquille. Même si elle se fendille, elle ne sera pas utile pour quatre sous. Je reprends : « ... voici le moyen de lui infuser une nouvelle jeunesse. »

— Passe à autre chose, veux-tu ? Ce n'est pas ici qu'on changera ou qu'on soignera du linoléum.

— Mais tout est comme ça ! C'est du conseil à tire-larigot ! Tiens : « La question de nos lectrices : Quelle est la meilleure façon de laver les vitres ? »

— Je dirais avec du papier journal. Avec du papier journal ou avec un chiffon imbibé de vinaigre. Il faut deux chiffons : un plein de vinaigre et l'autre sec. En faisant des mouvements ronds – il joint péniblement le geste à la parole.

— Eh bien, on n'en saura rien. Les résultats de l'enquête paraîtront au mois de mars. Et comme la revue date de 1919, décembre 1919, on a peu d'espoir.

— Tu dirais quoi, toi ?

— Je m'en fiche.

— Tu sais, console-toi, nous sommes déjà hors du monde.

— Ce n'est pas de cette façon-là que je veux l'être.

— On est même en dehors de celui des pèlerins de Compostelle. Pas sur le même chemin du tout. D'ailleurs, si on les faisait s'arrêter, s'ils prenaient le temps de nous considérer un tant soit peu, un salut, quelques paroles, on sentirait à leurs sourires pleins de bonté – c'est con, un sourire plein de bonté, ça se veut tout de suite supérieur –, on sentirait leur miséricorde. Ça ne me va pas, la miséricorde.

— Moi non plus.

— On sentirait leur compassion. Ça ne me plaît pas non plus. Les pèlerins compostelliens, finalement, il n'y a rien de pire. Ils ont le sourire niais des gens en vacances et, si tu les regardes plus longuement, le sourire s'étire en fraternité. Il faudrait leur montrer la plaque au bout de la rue, la plaque pour les pèlerins d'autrefois, les pauvres bougres du Moyen Âge, des vrais, eux, la plaque sur laquelle est écrit : « Avis aux pèlerins : la mendicité est interdite. » Ils ravaleraient leurs airs. Mais maintenant on les recherche, on veut remplir les gîtes, leur proposer des petits produits locaux. Tout cela bien modestement, parce qu'il faut que ça souffre, un pèlerin, que ça se mortifie... si tu vois ce que je veux dire.

Le vieux s'épanche pour le plaisir de faire la conversation. Rien de tel que de donner son opinion pour se sentir à sa place.

— La gérante du Petit Casino, là où il y a tes peintures exposées, m'a donné des courgettes décongelées, déjà coupées et creuses comme des barques – sa machine est tombée en panne. Aussi molles que du vieux pain humide. Tiens, qu'elle m'a dit, tu pourras t'en faire des farcies. Tu veux du jambon, j'ai un talon que de toute façon je ne vendrai pas. Tu coupes ça en petits morceaux, tu ajoutes ton riz, au four, et le tour est joué. J'ai pris le riz, les cochonneries de courgettes qui gouttaient au fond du sac, le jambon dans son papier d'aluminium. Je vais jeter les courgettes à la poubelle, de toute façon on n'a pas de four, il ne marche plus. Tout ça pour te dire que, en plus de la chair à saucisse que j'ai achetée au rabais, il faut que tu manges le jambon, vite. Je te les laisse, je préfère le chocolat. Pour une fois qu'on nous donne quelque chose.

— Faut pas se plaindre, il y a la boulangère aussi.

— Tu as raison. Elle donne davantage depuis que l'autre boulangerie a ouvert sur la nationale. Elle s'inquiète. Ça me plaît de la voir descendue de ses grands chevaux. Même son faux chignon blond sur le dessus de la tête se défait et elle a toujours l'air de se réveiller. Elle est toute gonflée, elle doit picoler.

— Nous, au moins, on ne picole pas.

Ils sucent tous les deux leurs billes de chocolat.

— On n'a pas besoin de grand-chose.

— Tu as raison. Plus j'écoute le silence, plus je me sens à l'aise dans la campagne. Surtout là, en y pensant, ça devient une évidence.

Une douce exaltation les saisit. Ils parlent pour ne rien dire, allongés côte à côte sur le lit, attentifs à la lumière du jour qui les écrase tels des cafards sur le papier peint aux coquelicots éteints.

— Regarde mon doigt, dit le lézard en mettant le majeur sous le nez de la petite. Il est mort. Je ne peux plus le plier. Depuis ma dernière chute dans les escaliers, il est foutu. Il faut dire que j'ai pris une gamelle, ce jour-là.

— Tant qu'il n'y a que ça qui est mort.

— Finalement on s'entend bien, quand tu ne te mets pas en tête de me détester. La sociale a tort de s'alarmer, il n'y a pas péril en la demeure.

— Ni le feu au lac.

— Allez, une petite lecture encore, et tu fileras chez le boucher pour les chiens. Heureusement que j'y pense, aux chiens. Tu vas finir par les rendre fous. Tu ne les sors pratiquement jamais.

— Si, je les sors dans la cour, mais les voisins se plaignent du bruit.

— Allez, un petit coup de *Ménagère française*, puisque tu n'as que ça. Ouvre au hasard, on verra si le hasard fait bien les choses.

— « La vie d'autrefois. Les écoliers au Moyen Âge. Vous vous inquiétez, madame, des rigueurs de la discipline dans les lycées de France au début du XXe siècle. Vous vous demandez comment votre cher petit garçon pourra supporter une pareille contrainte. Votre sollicitude craintive fait s'interroger tous vos amis, car vous n'osez confier vos craintes à votre mari… »

Elle s'interrompt pour dire : « l'imbécile ».

— Continue, dit le lézard, ça m'amuse. Je veux voir jusqu'où ils auront le sens de la formule.

Il se met un doigt tremblotant dans le nez. N'en ressort rien de bien intéressant.

Elle saute quelques paragraphes, reprend :

— « Quelle était donc cette règle qui pouvait assouplir à ce point les caractères les plus indomptables ? Il fallait d'abord réfréner sa langue et garder le silence depuis la fin des complies jusques au son de la messe du lendemain, c'est-à-dire… » C'est quoi, les complies ?

— Un truc vaguement religieux. Continue.

— « … c'est-à-dire depuis la fin des vêpres jusqu'à la cloche annonçant l'office du matin suivant. »

— Qu'est-ce que je te disais, on nage dans le bénitier.

— Je reprends un peu plus haut, il y avait une liaison, je l'ai ratée. « … jusques-au son de la messe du lendemain, c'est-à-dire… »

— Avance, veux-tu.

— « Avec quel serrement de cœur aurez-vous contemplé votre fils sous le vêtement triste et misérable des élèves du collège Montaigu ? (…) Leur seul habit, hiver comme été, était une sorte de robe grise, d'étoffe grossière, ne tombant pas tout à fait jusqu'à terre, et dont la plate austérité se mariait sans bonheur à la pauvreté de leur coiffure ronde. Le peuple de Paris qui les voyait passer à pas pressés dans les rues sous leur costume indigent, leur avait donné par une sorte de dérision apitoyée, le surnom de capettes, en raison de la coupe de leur vêtement. »

— Pauvres petiots.

— Tu veux un autre chocolat ?

— Non, file chez le boucher. Et rapporte-moi du whisky, le moins cher, tu sais bien.

Le lézard tend les lèvres pour l'embrasser. Elle sent son haleine de vieux sur le visage. Encore leste, le bougre, il voudrait lui baiser les lèvres.

— Non, ça c'est fini, tu peux courir.

— Les joues alors. Les grosses joues.

— Non plus.

— Alors le front.

Elle se penche vers lui et tend son front. La salive est toute fraîche. Elle ne se gêne pas pour s'essuyer devant lui.

— Faut arrêter maintenant, sinon tu vas m'énerver.

M'énerver, énerver, énervement, attention je suis tout énervée, sont les maîtres mots qui, dans le meilleur des cas, figent la situation. Si le lézard insiste, ça bascule dans les cris.

Les chocolats ont fini par lui donner la nausée, ils lui font battre le cœur plus fort. Elle se crispe.

— File, dit le vieillard.

Ça pourrait tourner à la dispute, ils s'y précipiteraient à tombeau ouvert. Un voisin porterait plainte, le fils de la boulangère, qui habite en face, ou les bourgeois, s'ils ne sont pas à Paris. L'assistante sociale débarquerait avec son calendrier sur lequel elle note la fréquence des disputes. Et les questions au vieux reprendraient, pour vérifier qu'il a tout son entendement.

Elle marche, marche, contre l'injustice du monde. Va chez le boucher. Attend à la porte. Finit par entrer pour écouter les commandes. Une petite dame maigrelette et pâlotte achète beaucoup d'animal mort – le mari, à ses côtés, est tout violet et bedonnant.

— Du boudin, s'il vous plaît, deux portions en un seul morceau.

Deux pieds de porc.

Un bon rosbif d'un kilo.

Deux côtes de veau, dont une petite.

Du saucisson.

De l'andouillette.

Quatre fromages de chèvre, deux demi-secs et deux secs. C'est tout ? demande-t-elle au mari rougeaud, qui répond :

— Du lapin aussi et des rillettes.

— Deux cuisses de lapin alors et des rillettes d'oie. Et puis ce sera tout, merci.

Signe de tête de la patronne pour qu'elle fasse le tour de la boutique et qu'elle attende à la porte de service. Une main devant sa bouche cassée, un sourire à la patronne.

Marche, marche, ma pauvre petite avec ton paquet d'os pour les chiens et aussi, parce qu'on a pitié de vous, un peu de viande mûre, qui l'écœure et qu'elle donnera aux bêtes.

Elle passe devant l'écrivain et sa pile de livres, assis à une table, dehors, chaque fois qu'il fait beau. Travail à compte d'auteur, le sourire qui va avec. Un grand sourire d'illuminé qui a trouvé sa voie. Un peu comme ceux du chemin de Compostelle, enclins à délivrer la bonne parole. Elle est allée un jour vers lui, le fil de son petit cœur prêt à le harponner s'il continuait à lui sourire de cette façon. Sa pile de livres bien rangés, une photo encadrée à côté, visiblement pas la sienne. Elle a simplement dit – à l'époque elle avait encore pas mal de dents – avec un sourire pas aussi large que le sien, car elle se méfiait – elle a dit, l'air de pas trop s'y intéresser :

— C'est qui, ça, sur la photo ?

Alors là, l'autre, il s'est mis à sourire encore plus si c'est possible, un véritable piège à renard. Il s'est même levé. Il avait une pointe de mépris dans le regard, mêlé à une certaine indulgence, de ce mépris et de cette indulgence qui allaient enfin le faire exister.

— C'est Gustave Flaubert.

Silence.

— Vous avez lu Flaubert ? lui a-t-il demandé d'une voix doucereuse, par avance sûr de la réponse, en souriant toujours.

— Non, je ne l'ai pas lu, et je m'en contrefiche.

Elle l'a dit rapidement et nerveusement pour le faire taire. Puis elle a rembobiné le fil à harponner près de son cœur – il avait l'air trop idiot.

— T'écris ?

— Oui. Et je donne des conférences. Je vais dans les grandes villes parler de la modernité chez Flaubert ou de la phrase chez Beckett.

— Connais pas non plus.

— Ça n'a pas d'importance.

— Je crois bien, oui.

— Et toi, que fais-tu ?

Silence. Elle n'a pas voulu s'avancer. Pas voulu expliquer l'impasse dans laquelle elle se trouvait. Pas voulu dire qu'elle avait posé nue pour le lézard autrefois, oui, le si vieux aujourd'hui.

— Tu ne fais rien ?

— Non.

Il la regarde, avec son bon sourire de missionnaire idiot. Ses yeux d'un vert délavé. Un bon gars sûrement, mais qui se prend au sérieux.

— Il ne faut pas avoir honte de ne rien faire. Le rien est si grand, si beau.

— Autant enlever la mauvaise herbe qui pousse dans le gravier avec l'eau chaude qui a servi à cuire les pâtes, oui. Ton rien, c'est un truc de poète, c'est pas mon rien à moi.

Le voilà qui sourit davantage, si c'est possible.

— Comme c'est intéressant !

— Ça n'a rien d'extraordinaire.

— Veux-tu que je t'explique Flaubert, la modernité de Flaubert, le processus de l'écriture ?

— Ça va, j'ai déjà donné avec la peinture et les pâquerettes. Je n'ai plus beaucoup de temps à perdre. Excuse-moi, je dois y aller. Mais avant j'ai encore une question : tu gagnes ta vie avec ça ?

— Non, je vis de mes économies, mais j'ai cessé d'être aliéné.

— Excuse, j'ai à faire.

Elle ne l'a plus jamais approché. Il se contente de lui sourire, elle le regarde à peine. Si ça lui fait plaisir. Tous les soirs il remballe ses livres, sa photo de Flaubert. Là, il ne sourit plus, il est le Christ écorché, mais si elle allait le lui dire il reprendrait sa face béate. N'empêche, elle a regardé le prix d'un livre pour voir si elle tarifait bien les peintures du vieux. Seize euros le bouquin, c'est pas donné, il peut sourire à tous les vents, et par les temps qui courent, en cette saison et en cette période de crise, les Parisiens à résidence secondaire, ça ne traîne pas les rues.

Parisien lui-même, marmonne-t-elle. Il ne passe même pas l'hiver ici. Trop froid, la maison est impossible à chauffer. Il regagne la capitale, où, paraît-il, il s'ennuie à mourir.

Elle marche, marche, avec ça dans la tête.

Elle rentre à la maison avec son paquet de viande, son pain de l'avant-veille. Elle monte voir le vieux, en colère, ouvre la porte, le voit baver sur son pull, ce qui redouble sa colère, dit :

— On aurait dû garder la première maison. On avait de la terre. Avec la guerre qui ne manquera pas d'arriver, on aurait pu être autonomes.

Le vieux se redresse péniblement de sa sieste. Ahuri, de guingois sur son lit, il a cette réponse :

— Il faudrait surtout changer de matelas. J'ai un mal de dos épouvantable.

— Tu entends, espèce d'imbécile ? On a tout gâché. Et quand on sait le prix des livres de l'autre à compte d'auteur, pour une œuvre, comme il dit pour parler de ses poèmes, pour une œuvre toute neuve, je me dis que vingt euros pour tes croûtes, c'est cher payé.

— À moins que ça ne prenne de la valeur.

— Tu rêves !

Variations infimes des griefs. Elle se souvient de ce que lui avait dit l'écrivain, face à son air désolé : Tu es passive. Tu es agie, la vie t'agit. Elle avait failli le croire, car à cet instant elle s'en souvient également, comme un signe que la vie pouvait basculer du bon côté, elle avait senti le soleil lui chauffer la nuque, et elle avait eu l'impression d'être aussi large qu'un tournesol. Aussi large et mûre et abrutie qu'une face de tournesol. Par ses mots il la rendait ivre, imbécile. Il faisait germer un espoir dangereux. Elle s'était ensuite déversée en insultes sur le vieux, à peu près comme maintenant, le sourire encore accroché aux lèvres, grimaçant de toutes ses rancœurs.

Mais aujourd'hui elle veut s'économiser, ne pas se donner cette peine d'une nouvelle bordée d'injures qu'elle finirait par regretter, car elle est bonne fille, dans le fond. Le vieux la regarde, inquiet, fébrile. D'autant plus fébrile qu'elle l'a surpris flairant une vieille odeur corporelle sur ses doigts – la main dans le slip.

— J'ai rêvé cette nuit que tu étais mort. On disait de toi que tu étais un homme de tous les excès.

Elle lui tourne le dos, dévale les escaliers, déboule dans la cour.

— Elle va recommencer ! soupire le vieux.

Elle frappe violemment contre le mur de pierre avec un bâton souple et dur à la fois, parfait pour lâcher en même temps que les coups son paquet d'images, des images insensées d'elle autrefois, du bourbier présent, des images inutiles.

Puis elle hurle contre les chiens, pourtant restés à l'intérieur. Sales bêtes ! Hurle cela pour les voisins. Ils ont fini par y croire. En plus de leur envoyer l'assistante sociale, ils menacent à présent d'alerter la SPA.

Elle hurle et et sent les rebonds du bâton dans la main.

Déroutée, elle frappe, édentée, elle frappe, incapable, un nouveau coup, violente et monstrueuse, elle frappe encore, à présent images de tournesols géants qui poussent dans le ventre du vieux, mort. Elle s'évanouit. Personne ne vient la ramasser. Elle se réveille toute seule de son coma. Voilà, ça va mieux. Pâle, les mâchoires serrées, elle reprend son bâton.

Cette fois-ci, c'est sûr, les services sociaux vont venir chercher le vieux. C'était au courrier de la veille. Il n'a pas pu répondre correctement aux dernières questions, le signe que son autonomie psychique se dégrade.

Elle remonte, radoucie.

— Tu vas bien?

— C'est bien la première fois depuis une éternité que tu me demandes ce genre de nouvelles, en plus sur ce ton. Donzelle, ma petite donzelle!

— Tu n'es qu'un idiot. Tu aurais pu répondre aux questions. Toi qui as été peintre...

— Je le suis encore.

— Pourquoi tu n'as pas su définir la couleur bleue? Depuis le temps qu'on te le demande. En plus ils sont vicieux, ils ont toujours à peu près les mêmes questions.

— Tu me fais rire. Bleu comment? Il y a toutes sortes de bleus. Les bleus qu'on mange, ceux qu'on expulse, ceux qui vous parasitent la tête... Ceux qu'on emporte dans sa poche...

— Tu aurais pu faire des comparaisons.

— La question était stupide.

— Tu préfères te laisser emmener.

— Je vais essayer de rattraper le coup.

— Impossible. Dans la lettre, ils espèrent que tu auras fait ta valise. Tu vas donc me laisser.

— Tu es bien assez grande.

— Et tes peintures ?

— Garde-les. Tu les voulais. Et puis ce n'est pas à l'hospice que je me remettrai à peindre. Je veux juste une bonne place au cimetière. Sous le chêne, tout en haut, contre le mur.

— Et moi ?

— Remballe ta *Ménagère française*. Endurcis-toi et veille à ne pas crever dans la fosse. Il y a l'assistance publique, l'hôpital psychiatrique. Continue ton chemin. Il y a tout ce qu'il faut. Il y a même des mouroirs. On a pensé à tout, on a organisé pour nous nos vies de misérables. Dommage, t'avais un beau cul et une belle écriture, je parle de ta façon de former les lettres sur les enveloppes. Et avec ton intelligence, tu aurais pu avoir un destin. Mais rien ne t'a fait avancer. Le cul, t'as donné, mais cette belle écriture, quel gâchis !

— Est-ce qu'il peint toujours ? a redemandé le couple. Ils ont dit « il » pour ne pas passer par des mots comme « votre compagnon ».

— Qu'est-ce que vous voulez à la fin ? Vous venez ici pour la quatrième fois. Que voulez-vous ?

Comme si le plus important pour eux était de demander encore et toujours des nouvelles du vieux. Si seulement ils pouvaient se décider.

— Dites-moi ce que vous voulez. Des natures mortes, des paysages, des chiens, des chats, des bateaux, de la montagne, des instruments de musique, des journaux, il a tout peint, des pâquerettes, des nus, beaucoup de nus, ça va par périodes, choisissez-en une et je m'arrangerai pour vous descendre cinq ou six tableaux, vous prendrez ceux qui vous plairont.

— Eh bien oui, faisons comme cela. Nous repasserons, a dit la femme, avec son sourire de bourgeoise niaise.

Elle marche, marche, lutte contre la contrainte qu'elle s'impose, celle-là même de la marche. Voit son corps avancer, se dissocier d'elle, avec tout au plus une étincelle dans la cervelle. Son corps plus loin que la pensée. Pour couper court à ces sensations, elle se fige. Puis elle reprend sa progression. Vers quoi ? Elle s'imagine seule dans la maison, le dos en carapace, les années pliées dessous.

Repartie pour un tour, plus difficile celui-là.

Ciels muets, jambes sèches.

L'ambulance est prévue pour demain. Elle marchera toute la nuit s'il le faut. Elle aura la fièvre. Elle évitera le spectacle du lézard, ses gémissements hypocrites.

Brûlure à venir du regard.

Ne pas s'attendrir sur le passé. Ne pas oublier les coups qu'il lui donnait quand il en avait la force – ça, personne n'en parle – ni la marmite d'eau bouillante qu'elle lui avait versée sur la tête en guise de représailles. Toutes ces amabilités. Elle et sa belle écriture, sûrement sans style, qu'il lui disait, en lui postillonnant à la figure, lui et ses pâquerettes enrubannées de couleurs criardes. Leur amour au milieu de la table, patates bouillies à écraser du bout de la fourchette. Toutes ces gentillesses. Et pour jouer à l'important, l'affoler, la mettre en situation de manque, il disparaissait la nuit. Vertige, sensation de chute. Elle lui courait derrière certains soirs où elle devinait ses intentions, sans même plus savoir ce qu'elle faisait, ni ce qu'elle était, masse informe de la peur qui grossissait, menaçait de faire éclater le corps. Il accélérait le pas. Elle ne voulait pas être seule, là, sur le trottoir. Parfois elle parvenait à le rattraper, s'agrippait à sa manche, tournait vers lui sa figure douloureuse. Il crachait dessus – si tu crois m'émouvoir ! Puis il semblait revenir de bon cœur, vengé d'un passé qu'elle connaissait seulement par bribes, d'une femme qui l'avait plaqué. Et hop, mets-toi à quatre pattes, écartelée sous lui, gisant presque, une gifle pour la ramener dans le lit.

C'était ça, le vieux, à l'époque. On peut dire qu'il avait eu la vie belle. Et puis je ne veux plus me faire prendre au jeu, disait-il. Elle s'en voulait de le supplier, tandis qu'il feignait de la repousser. Non, mais quelle imbécile ! Elle s'amoindrissait, se ratatinait, perdait confiance en elle. Même plus la force de mettre un pas devant l'autre, la tête lui tournait, une blancheur morbide devant les yeux. Jusqu'à ce qu'il vieillisse pour de bon et que ce soit à elle de le quitter, de jour comme de nuit, sa faiblesse la rendant plus courageuse, certaine qu'elle était de retrouver une vraie potiche, bien que sa présence continuait en fait d'avoir la vertu de la remettre à sa place, bonne ou mauvaise.

Elle s'en souvient encore. Il tournait la tête vers elle dans la rue, comme s'il ne la reconnaissait pas, lui disait avec jouissance, en ralentissant le pas, lorsqu'elle le rattrapait : laisse-moi tranquille ! Jusqu'à ce que ses jambes le supportent de moins en moins, un début de Parkinson. L'annonce l'avait allongé sur le sol, raide comme une planche, les mains prises de crampes, toutes déformées.

— Parkinson, ce n'est pas drôle, avait-il dit en se relevant.

— T'as encore un peu de temps devant toi, avant que...

— Certainement, oui.

Mais la donne avait changé.

Elle marche, marche, dans le bourg.

— Voilà, on a réussi à vendre un tableau.

La gérante du Petit Casino lui tend un ticket de caisse.

— Vingt-cinq euros, ce n'est pas si mal.

Elle se décontracte. Nul besoin de cacher sa bouche, elle sourit.

— Vingt-cinq euros, t'as dit ?

— Oui.

— Pour un si petit format ?

— Oui, j'ai baissé un peu le prix, comme tu vois, mais on y est arrivé.

— Je l'avais gonflé.

— Je sais.

— Alors, les grands, je pourrais les passer à soixante ?

— Je n'en sais rien, je ne les ai jamais vus. En tout cas, il n'y aura pas assez de place au magasin. Tiens, prends le ticket et l'argent. Quinze euros pour toi, dix pour moi.

Elle marche encore un moment, heureuse. Enfin une bonne nouvelle. Elle trouve un coin tranquille, s'assied sur un banc et détaille la facture. Elle ne va pas tout de suite à la ligne du tableau.

PETIT CASINO
Tél. : 04 51 32 21 08

Votre magasin vous accueille du mardi au samedi de
8 h à 12 h 30 et de 15 h à 19 h 30
Et le dimanche de 9 h à 12 h 30

Yaourt 0 % 4 x 125g	1.43 EUR
Vittel	0.79 EUR
Lait 1L CASI	1.20 EUR
F F & L T x RED	3.50 EUR
F F & L T x RED	1.25 EUR
F Épicerie T x LADI	25.00 EUR
TOTAL À RÉGLER	33.17 EUR

Magnifique. Une réussite.

Plus forte, elle s'apprête à rentrer chez eux.

Le lézard a mis son costume d'autrefois, son beau pull rouge. Il s'est coiffé, aspergé d'eau de Cologne. Il fait le beau, il est heureux de la voir, d'autant plus heureux, lui semble-t-il, qu'il va la quitter. Bref, il est encore présentable, une ruine qui donne le change.

Des larmes coulent sur ses joues. Maigres mais étonnantes. Heureusement le vieux ne les voit pas. Son corps creux est tout raide, il avance à petits pas.

— Tu peindras, là-bas ?

— Ne recommence pas avec tes questions idiotes. Non, je ferai du tennis.

— Vraiment ?

— La bonne blague !

La langue sur les lèvres est presque aussi rouge que le pull. Il jubile. Il doit déjà penser à sa prochaine petite infirmière. Ce qui est bon signe, vraiment bon signe – même s'il ne pourra rien.

— Cesse de m'ennuyer avec tes questions absurdes, veux-tu. Aide-moi à enfiler mon manteau.

Le salaud, il a repris de l'assurance. Il lui fait même face, un sourire artificiel accroché à sa figure, comme on appuierait sur un interrupteur pour avoir de la lumière.

— On va venir me chercher en ambulance.

— Il vaudrait mieux, des fois que tu veuilles faire le chemin à pied, et que tu t'écroules.

— Ne sois pas désobligeante.

— Avec ta manie des mots recherchés, sitôt que tu crois vivre une situation exceptionnelle. Est-ce que j'ai l'air d'une désobligeance ?

Des petits coups de sirène lui font monter le cœur aux lèvres.

— C'est l'ambulance. On vient me chercher.

— Je sais.

Elle se précipite soudain sur lui. Elle l'étreint, lui caresse les mains, les joues. Une demeurée qui s'accrocherait à son jouet.

— Aïe, tu y vas un peu fort.

L'assistante sociale entre dans la pièce qui leur sert de salon, sans prendre la peine de frapper.

— Alors, monsieur Ladier, prêt à partir ?

Le traître, il hoche la tête avec un joli sourire. Mais il a ces mots malheureux, au moment du grand saut :

— On a bien dit un petit mois, le temps que je me retape ?

— Évidemment.

— Et tu la crois ?

— Je n'ai pas le choix.

— Peut-être, mais ne me dis pas que tu la crois. Tu y vas pour y rester.

— Ne lui compliquez pas la vie, Françoise.

— Ne m'appelez pas Françoise, je vous interdis de m'appeler Françoise. Pourquoi cette familiarité, tout à coup ?

— C'est ma donzelle. De la complication pure, un paquet de nerfs, dit le vieux pour l'excuser.

— Je ne suis plus ta donzelle.

— Oh que si ! Tu verras, tu penseras longtemps à nous !

— Elle viendra vous rendre visite. Elle pourra même faire la sieste avec vous. Allez, monsieur Ladier, l'ambulance attend. Où est votre valise ?

— Pas prête. La donzelle n'a pas eu le temps.

— Vous l'apporterez donc le plus vite possible. Je compte sur vous.

Elle hoche la tête. Serre les poings dans ses poches, retient ses larmes. Pas assez de dents, du moins les unes en face des autres pour se mordre les joues jusqu'au sang. Tente quand même.

— Le lézard est fait pour vivre ici, dit-elle.

— Il est fait pour voir le soleil, oui. Vous verrez, monsieur Ladier, vous apprécierez, votre chambre est orientée plein sud, et la fenêtre donne sur le jardin. Allons, mademoiselle, aidez-moi à le mettre dans le fauteuil roulant.

— Tu vois, on parle déjà de toi comme d'une chose.

L'assistante sociale, fardée à outrance, les cheveux secs d'un noir lustré, tourne vers elle sa grosse face mauvaise.

— Laissez-le. Vous lui avez fait vos adieux. Tout est en ordre. Il a le droit de se reposer un peu, non ?

— J'ai tout de même été cheminot.

— Vous voyez, il déraille déjà. Ça lui réussira pas.

— Au contraire, nous le dorloterons.

— Cheminot et artiste.

— Et il va vous dérouler le fil de sa vie, de sa longue vie, là, tout de suite.

— Et la demoiselle que vous voyez là a posé nue...

— On est bien contents pour vous, monsieur Ladier.

— On t'infantilise, mon lézard.

— Allez, allez, dans l'ambulance.

Le voilà embarqué. À défaut de fauteuil roulant, cela prenait trop de temps, et le lézard aurait pu revenir sur sa décision, on l'a chargé sur une civière. Il fait pitié à voir. La tête chenue fendue d'un rire devenu fou, des yeux noirs et vifs de rat pris au piège, la main tremblante qui arrange encore les quelques cheveux sur le crâne, il s'en va dans une odeur d'urine et d'eau de Cologne.

Elle se tient un moment sur le seuil. Les portes de l'ambulance se referment sur le vieux qui ressemble plus que jamais à une momie aztèque.

Chez elle – elle s'habitue à dire chez elle –, elle renverse tout sens dessus dessous. Le vieux buffet, sa vaisselle, les lampes. Elle frappe les chiens, qui s'élancent contre la vitre pour fuir. Elle sent encore sur elle l'eau de Cologne du vieux.

Puis elle se précipite dans la chambre, tire des vêtements de l'armoire, les jette dans une petite valise marron. Elle referme la valise. Le vieux là-dedans, comme mort.

Elle n'a plus goût à rien. Tourne en rond, regarde par les fenêtres, regagne son lit. Pleure dans son gros chat gris tout chaud.

Et elle marche, marche dans sa tête, pour s'assurer qu'elle peut tenir debout, occuper le décor, emplir peut-être un peu mieux de sa présence les alentours.

Il faut qu'elle sorte. C'est jour de fanfare. On ne peut pas rester chez soi un pareil jour. Aller regarder ce qui se trame, comment ils s'agglutinent. Aller observer les familles, les mines repues, les petites prisons. Aller mesurer sa solitude au bruit des autres. C'est jour de fanfare, à cause du premier marché bio de la région, faut bien fêter ça. Donner le change. Faire croire qu'on est un pays évolué à touristes.

On a bien étrenné le festival du documentaire rural, la forge au piano, mais le bio on a encore du mal. Peu d'étals. Des gueules de travers, à l'air chagrin, des taiseux sous la bruine. Parce qu'en plus il ne fait jamais vraiment beau par ici. Du miel, de la salade, des bougies. Celui qui tourne ses bols et ses chouettes en bois. Il y a aussi l'écrivain, qui décidément n'en rate pas une. Faussement tranquille, installé à sa table, avec sa jolie figure souriante toute propre. À la tête de la fanfare, le coiffeur, qui a bien vieilli. Couacs garantis.

Elle s'arrête pour regarder ce cirque. Tente de sentir ce que ça fait d'être vraiment seule au monde – oublie qu'elle est moche. Il paraît qu'il y aura un feu d'artifice sur la colline, ce soir. Bien entendu, elle n'ira pas. Cœur gros. Les gens autour, nez bouche oreilles trop grands trop rouges, greffés sur un corps de carton, c'est fanfare et carnaval. Ils ont peut-être la même solitude qui goutte à l'intérieur d'eux, le même zèle aussi parfois, la même envie bon enfant de rire de tout, l'éternelle farce, le même désir sûrement de fuir, mais pour où ?

Comme d'habitude, obsessionnellement, elle marche. Passe devant l'office de tourisme, qui a été déplacé. Les locaux se trouvent dorénavant sur une rue passante, en face du Coccimarket, à côté du fleuriste qui lui aussi voudrait bien profiter du flux des voitures. Oliviers et fleurs tropicales, pas du tout adaptés au climat. Des petites fleurs de toutes les couleurs, papier crépon et fil de fer, aux grilles des maisons. C'est vraiment jour de fête. Des gens entrent dans l'office de tourisme. Randonnées, cours de yoga, d'équilibre pour les seniors, fiche touristique sur le bourg qui compte deux maisons à pans de bois datant du XIIe siècle... et puis c'est tout. Un peu de miel et d'huile de noix à la rigueur. La fanfare a beau s'échiner, la joie n'est pas au rendez-vous. Sur la façade de l'église, en lettres majuscules, comme si cela pouvait être vrai: LIBERTÉ ÉGALITÉ FRATERNITÉ.

Elle n'ose imaginer les jours et les nuits, cette ronde du temps, seule avec les chiens qu'il lui faudra jeter à la rue, pas fiables à force de tourner eux aussi en rond, même petits comme des caniches ils finiront par l'attaquer.

La première nuit après le départ du lézard, elle s'est perdue jusqu'à l'épuisement dans ses manies, fermée fermée fermée fermée fermée fermée fermée, la main sur la poignée de la porte d'entrée, l'abaissant sans cesse, y revenant à de courts intervalles, comme si le bourg s'était ligué contre elle, comme si tous derrière cette porte portaient encore le masque de fanfare, un trou à la place du corps. Et ce trou s'agrandissait, rampait, menaçait de l'engloutir. Elle a avalé les ténèbres en pleurant.

La voilà à genoux sur le carrelage, pour des prières approximatives, signe de croix à l'envers, toute la comédie du faire pitié, suffocations et gémissements. Son visage déposé en ultime offrande, mais à qui, sur le sol. Pourquoi ces abécédaires, ces vies, ces conventions, pourquoi l'argent, pourquoi même des cheveux et un sexe, ces déhanchements ridicules, toutes ces histoires? Oui, pourquoi? Comment se protéger de tout ça? Comment se protéger des repentirs germés comme une incongruité de plus?

Elle allume et éteint à intervalles réguliers, s'assure que le chat dort tranquillement sur le lit – au moindre frémissement de moustaches, elle s'alarme. Pleure de fatigue et d'inquiétude. Elle en est encore là, toute raide entre les draps, redoutant de voir son corps la quitter pour de bon et enfourcher les temps lointains d'une autre existence, lui laissant pour unique attribut un sourire édenté flottant dans la pièce. Elle en est là, malheureuse, dans ses histoires à dormir debout. Et même si elle mourait sur-le-champ, elle en serait toujours là, prise au piège de son existence ou de sa non-existence, vibrant de cette énergie mystérieuse qui fait croire au big bang. Enfermée dans des milliards d'atomes à l'origine de tout. Ce cri pour une telle condition. Catapultée dans son lit, comment ne pas avoir peur ? Un voile de ténèbres sur les épaules.

Quand tout se met à glisser, s'attacher aux choses concrètes. Plier et déplier les doigts, étirer les bras et les jambes, trouver une nouvelle idée qui l'arrimerait au contexte, à l'histoire qui cahin-caha se poursuit. Pauvre histoire, pauvre quotidien, pauvre Françoise.

Elle se lève et va allumer la lampe au-dessus de la porte, au-dehors. Pour signaler sa présence au bourg. Comme si elle ne dormait pas et veillait à la place de la lampe. À quoi cela peut bien ressembler une lumière fixe dans une rue noire ? Elle se dit qu'elle ne craint rien. Pour se rassurer une bonne fois pour toutes, avec un attendrissement feint, comme s'il ne s'agissait pas d'elle mais d'une poupée à faire entrer dans le décor, elle se dit que finalement elle aime cet endroit, elle y a ses habitudes. Sueurs froides. Elle n'y croit qu'à moitié, se raccroche aux lumières allumées dans la chambre.

Je ne sais pas si j'arriverai à tenir le coup. Pour cela, elle se promet de rendre visite au vieux, du moins les premiers temps. On va bientôt entrer dans l'hiver, la pire des saisons, nuit noire et chacun chez soi, les étoiles si froides et les parties de chasse qui n'en finissent pas.

Elle marche dans le bourg, sans aucune description possible à livrer, le nez sur ses chaussures. Désolée, dit-elle. Ou alors le regard si loin qu'il n'affleure rien de concret. Je suis désolée, répète-t-elle. Il y a bien un château et son étang, son chemin coupé aux curieux, mais je ne suis pas d'humeur à m'y attarder. Oui, vraiment désolée.

Le couple est finalement revenu acheter une petite toile. Vendue cinquante euros.

— Que voulez-vous, la cote monte.

Ils ont pris la première exposée, une cafetière et une tasse à géométrie variable, toutes deux posées sur un fond jaune, une nappe dont on ne voit pas les bords, qui a mal vieilli.

— Et le peintre ? a demandé la femme, avec ses pantalons larges à la mode et son air de ne pas y toucher.

Elle comprend mal cette curiosité. Même pas teintée de pitié – seulement de la curiosité à l'égard du lézard et d'elle-même. À vouloir lui toucher le bras, dans un geste qui admettrait une ressemblance entre elles deux. Elle s'est reculée. Ce sentiment de proximité lui a tout de même plu.

Avant que le couple ne s'éloigne, elle a demandé :

— Vous comptez en acheter d'autres ?

— L'année prochaine peut-être. Nous venons ici une fois par an.

Elle a hoché la tête, déçue. Elle avait le temps d'ici là de se défaire mille fois.

— Très bien, a-t-elle dit en guise de politesse.

Cette femme lui était décidément sympathique. Elle aurait volontiers échangé son histoire contre la sienne.

— Très bien.

— À la prochaine fois, alors ?

C'est dit sans se soucier de l'énormité de leurs propos, de leur légèreté, de leur inconséquence. Car peut-être, à cause de toute cette gentillesse dont elle n'avait pas l'habitude, elle se mettrait à les attendre.

Attendre et marcher.

— Si vous avez des amis intéressés par les peintures, amenez-les.

— Nous n'y manquerons pas.

— Très bien, a-t-elle encore répété.

Elle a claqué la porte pour ne pas les voir partir. Les chiens sont à présent jour et nuit dans la cour. Tant pis s'ils aboient et pleurent à longueur de temps. Les voisins n'ont qu'à appeler la SPA.

Elle fonce sur l'écrivain assis à sa table. Son sourire a changé, il est moins convenu, plus grave. Elle l'interroge du regard. Puis elle finit par dire :

— Qu'est-ce que je vais faire ? Je suis seule et je ne m'en sors pas. J'ai plein de choses, trop de choses dans la tête.

— Je te comprends.

Elle croit voir du malheur dans ses yeux. Finies les grandes exaltations, fini le conte de fées à la campagne.

— Moi aussi, ça me travaille là-dedans. Il montre sa tête. Je te comprends.

Silence.

— Qu'est-ce que je pourrais bien faire ? demande-t-elle, le regard noir fureteur. Il y a toujours la pile de livres sur la table, la photo de Flaubert à côté. Tous ces gens, cette fanfare, la fête des vide-greniers, les saisons qui reprennent, ça m'agace.

— Tu n'as qu'à rentrer un moment chez moi.

— Tu crois ? demande-t-elle, sans bouger.

— Je t'ai souvent regardée marcher. Tu penses à trop de choses en même temps. Tu pourrais t'en défaire en les écrivant. Pas pour l'argent. Juste pour sortir ces pensées qui t'alourdissent.

— Je ne veux pas de tes mots.

— Tu devrais quand même écrire. N'importe comment au début, mais ça se mettra en place. Toi plus que quiconque. Tu peux aussi crier, te jeter contre les murs, je suppose que tu l'as déjà fait. Ça ne donnera pas plus qu'une chair meurtrie, et après ?

— Le vieux disait que j'avais une belle écriture.

— Entre donc à la maison. Un petit instant, tu veux bien ?

Il la pousse presque à l'intérieur. Avec une envie de lui apprendre les belles-lettres – c'est son expression –, qu'il dissimule à peine. Comme le cheminot autrefois, on dirait qu'il a trouvé la bonne poire par laquelle il va se mettre enfin à exister. Malgré le temps qui a passé, elle a l'air prête à avaler des couleuvres, autant tenter sa chance. Elle le laisse lui mettre la main dans le dos pour la diriger vers un fauteuil, c'est si rare ce genre d'attention qu'elle veut bien se laisser faire. Elle repense au vieux, à ses compliments sur son écriture aux lettres immenses et belles, arrondies et bien faites, ce genre de niaiseries. Son cœur se serre. Comme si les compliments avaient la vertu de tout réparer. Porcelaine cassée, verres brisés, le petit cœur en ruban là-dessus. Elle considère son écrivain de la tête aux pieds.

— Tu verras, je te donnerai quelques cours d'écriture, on improvisera un atelier. Tu prendras confiance, tu te mettras à écrire, tu diras ce qui te passe par la tête, au lieu de le marmonner le nez sur la route. Tout viendra facilement. Je te lirai également ce que j'écris. Oui, tu verras, on saura mettre à profit nos expériences personnelles.

C'est bien ce qu'elle pensait. Il lui faudra l'écouter, se farcir des tonnes de culture, comme si ça allait la sauver, même plus cul par-dessus tête. Pour la beauté des lettres, rien que ça.

— Tu pourrais aussi me raconter la vie du bourg, ce que tu vois, ce que tu sais sur les gens, ça m'intéresse. J'ai envie de donner dans le roman social. À ce prix-là, je pourrai me faire publier à compte d'éditeur.

— Je ne comprends pas.

— Ce n'est pas grave. Sais-tu que l'écriture nourrit l'écriture ? Que, si tu te mets à écrire, tu te prendras au jeu ?

— Si c'est comme pour les pâquerettes du vieux et son espace de la toile, il vaut mieux remballer la marchandise. L'univers, dans tes livres, prend la poussière.

Il est déjà en train de la gangrener. Une fausse candeur, un bon sourire. Elle aimerait le faire sortir de ses gonds, lui décrocher ce sourire de la face. Elle aimerait le décoiffer, lui déchirer sa chemise, l'obliger à tomber aussi bas qu'elle. Lui et ses aspirations d'un autre siècle. De toute façon, la partie est perdue d'avance. Plus personne ne lit.

— Pourquoi j'irais mieux en écrivant ?

— Tu ne peux pas comprendre.

— Décidément, on dirait que je suis aveugle, sourde et imbécile.

— Un peu, oui. Je vais ouvrir ton horizon. Ne t'en fais pas, ton cri, on l'entendra. Tu pourras alors me remercier.

— Qui te dit que j'ai envie de crier ?

— Tu pourras t'élever intellectuellement, te cultiver.

Il dit cela sans honte, comme s'il s'adressait à une moins-que-rien, mais avec compassion, un samaritain des colonies à une indigène ou une indigente, elle ne sait plus très bien la différence, ce n'est pas à lui qu'elle le demandera, elle s'en garde bien. Comme à une pauvresse. Son père disait ça : regarde-toi, tu es habillée comme une pauvresse.

Plus question de mêler le père à tout ça, le passé est rangé dans un coin, et le cri n'a que faire de sa bouche édentée. Il y a juste le mot pauvresse, un mot dont elle n'est pas sortie.

— Je me fiche éperdument de la littérature. Si je voulais écrire, je dirais toute la misère, la saleté, la noirceur, les ténèbres, la bêtise, les savates trouées, tout ce qu'on nous donne et qui pue déjà, tout ce qu'on n'a pas honte de nous balancer en pleine figure, tout ce qui nous fait nous sentir autres, ailleurs. Toi aussi, tu es d'un autre siècle. Tu es perdu, avec tes livres et ta lubie d'un monde meilleur. Parce que, même au bout du monde, tu rêves de grandeur. Ton Flaubert, là, sur la photo, il est pas sorti du caniveau. Que tu le mettes près de tes livres, ça veut tout dire. Ton Flaubert, il prouve ton désir de grandeur. Mais ta grandeur, mon pauvre ami – la voilà qui recommence avec cette drôle d'expression – oui, mon pauvre ami, tu peux faire une croix dessus.

Elle se tait, renfrognée. Puis elle ajoute, l'air mauvais de qui ne veut plus se faire prendre au jeu :

— On n'est pas dans la vitesse du monde. Ni toi ni moi.

Elle aimerait tourner les talons et partir, mais quelque chose la retient. L'air ébahi de l'écrivain, sa volonté de la convertir. Il n'en démord pas. Au contraire, il siffle d'admiration.

— Écris donc, le monde sera à tes pieds.

— Tu t'appelles comment déjà ?

— Timothée.

— Eh bien tu vois, ça ne va pas. C'est trop gentil, comme prénom. Timothée, ça donne l'air de n'avoir jamais grandi. Timothée, c'est enfantin. Il faudrait que tu trouves autre chose.

— Tim ?

— C'est déjà mieux.

— Mais il ne s'agit pas de ça.

Il tente de reprendre son travail de manipulateur bienveillant.

— Le monde sera à toi...

Hésitation dans la voix.

— Ce genre de balivernes, je les ai déjà entendues, le cheminot n'en manquait pas. Une réussite fulgurante, toutes ces bêtises, pour continuer à rêver sans trop se fatiguer. Toujours les mêmes mots, comme on jouerait à la loterie. On tente ça, à défaut d'autre chose. On croit s'élever, on ne fait pas mieux que le cordonnier ou le serrurier, mais on y croit, tandis que le serrurier ou le cordonnier, eux, ils ne se font pas d'illusions. Et ça, c'est épouvantable, n'est-ce pas, le destin tout tracé de la modestie, du tout petit, de la vie chiche. Tu préfères ton Flaubert. Et puis du moment que les marchés aux vieux livres existent, que les foires aux croûtes se multiplient, il y aura toujours ce genre de benêts ou de charlatans, d'artistes à la noix, avec une femme pas trop loin, jeune ou vieille, une bougresse comme on dit dans le coin, pour rassurer et faire bonne figure à côté du génie en question, une bonne femme qui aurait l'air de dire : mais oui, nous sommes comme vous après tout. Avec le sourire qui donne envie d'acheter. Seulement t'as pas l'air d'un génie, tu ne casses pas trois pattes à un canard, t'es pas monumental. Autant que tu t'y fasses, au lieu de vouloir me faire avaler des couleuvres.

Elle décide de rester encore. Maintenant que tout a été donné. Le fauteuil est moelleux, le salon agréable. Ce n'est pas tous les quatre matins qu'elle peut être dans ce genre d'intérieur, propre et reposant. À part la bibliothèque qui est trop pleine et donne un sentiment d'abondance, à part cette bibliothèque et un masque africain, ou peut-être est-ce à cause du masque justement, on dirait une cellule de moine, de ces cellules sobres qu'elle voyait, enfant, dans les films à la télévision. Ça pue le piège. Les murs d'un blanc crème, le velours, indiquent qu'on pourrait se laisser aller à quelque chose de plus doux. De plus doux et peut-être de sexuel. Elle le regarde intensément. Il est trop jeune pour s'intéresser à elle, et puis elle est trop moche. Il s'agit donc d'autre chose, d'une édification, comme il dit.

Non, mais regardez-le, il a déjà ouvert un de ses livres. Il s'apprête à lui lire une nouvelle. La bouche en cul-de-poule, les poumons gonflés, la poésie dite d'un souffle, allez, vas-y, mon Tim !

— Non, attends, lui dit-elle.

Souffle retenu, regard de Tim par-dessus le livre.

— Je crois que je vais vomir.

Air interrogateur de Tim.

Elle fait durer la situation, renverse la tête en arrière, ferme les yeux. Rideau sur la vie littéraire. Dieu, comme le fauteuil est confortable ! Pourtant là aussi elle a envie de tout verser sens dessus dessous, de mettre le décor à mal, comme si elle n'était faite pour aucun lieu, à part le ventre de maman cercueil au fond de la terre. Heureusement qu'il en ignore l'existence, de cette maman-là, il aurait vite fait de bâtir toute une histoire.

— Bien, si tu ne veux pas m'écouter, si tu trouves ça trop tôt, peut-être trop intime, même si tu n'as pas les mots pour le formuler, je le comprends. Je comprends ta réticence. On ne peut pas changer de vie en deux minutes, on ne veut pas croire que c'est possible. On préfère se prendre les pieds dans le tapis. Je le comprends parfaitement. Mais sache que je ne renonce pas.

Il se dirige vers la bibliothèque, y prend un autre livre.

— Ça date un peu, mais écoute. Il s'agit d'un extrait du *Panorama de la nouvelle littérature française*, un ouvrage magnifique de Gaëtan Picon. Écoute donc : « La poésie sera faite par tous. Les véritables poètes n'ont jamais cru que la poésie leur appartînt en propre. Sur les lèvres des hommes, la parole n'a jamais tari ; les mots, les chants, les cris se succèdent sans fin, se croisent, se heurtent, se confondent. L'impulsion de la fonction langage a été portée jusqu'à l'exagération, jusqu'à l'exubérance, jusqu'à l'incohérence. »

— Je ne comprends pas. Il n'y a rien à faire, je ne comprends pas.

— Écoute. Laisse-toi bercer. « Les mots disent le monde et les mots disent l'homme, ce que l'homme voit et ressent, ce qui existe, ce qui a existé, ce qui existera, l'antiquité du temps, le passé, le futur de l'âge et du moment, l'involontaire, la crainte et le désir de ce qui n'existe pas, de ce qui va exister. Les mots détruisent les mots, prédisent ; enchaînés ou sans suite, rien ne sert de les nier. Ils participent à l'élaboration de la vérité. » C'est magnifique, non ?

Elle ne répond pas. Mais la voilà qui faiblit, à cause de ce fauteuil si confortable. Elle aimerait avoir le même. Elle lève les yeux vers Tim/Timothée, l'interroge une fois de plus silencieusement. Elle aimerait s'armer de bonne volonté, s'il ne suffisait que de cela. Être zélée, une bonne fille…

— Au lieu de ressasser, écris.

— Même avec des fautes ?

— Avec toutes les fautes que tu veux. Tout le monde écrit de nos jours, tout le monde fait du joli. Tout le monde veut que ça sonne bien. Et plus personne n'écoute. Tout le monde pense que l'inculture et la consommation sont en cause. Mais non. Ceux qui doivent écrire le feront jusqu'à la fin des temps, quitte à traverser le désert. Alors écris. Ce qu'on appelle littérature aujourd'hui, c'est un fatras de niaiseries qui se tiennent à peu près. La littérature est devenue morne et bourgeoise. Mais toi tu te débats, tu respires l'ailleurs. Tu as envie de hurler. Alors écris... Finalement, je te remercie. Cela me coûtera, mais je crois que je vais me débarrasser de Flaubert.

— Je ne veux pas finir assise à une table comme toi, ça n'a pas de sens.

Elle se lève d'un bond, le quitte sur ces mots.

Elle se remet à marcher, avec cette drôle d'idée en tête, d'aller acheter des cahiers et des stylos. Mais quand on voit ce qu'a fait le lézard avec sa peinture. Ce sont des envies au-dessus d'eux, des envies déplacées. Si j'écris ce que je vois, ce sera de la littérature, peut-être ? Non, ce n'est pas pour moi.

Elle s'arrête pour laisser passer une voiture avant de traverser. Décide de rentrer chez elle et d'accrocher de nouveaux rideaux en devanture, ceux de dentelle restés au fond de l'armoire. Il serait temps que je le fasse, comme il serait temps que je m'habitue à vivre seule.

— Royaume des images, dit le lézard.
— Et les mots ? T'en fais quoi ?
— Les mots ?
— Nous n'avons que ceux de tous les jours, pleins de bruit, dégueulasses, des mots qui ne font pas rebondir. Alors que les autres...
— Quels autres ?
— Je me comprends.
— Tu ne veux pas parler de poésie, au moins ?
— Non, la poésie ça puera toujours l'école. Je parle des vrais mots. Ceux du vide, du silence.
— Comme tu y vas.
— Surtout la nuit, quand on n'est qu'un paquet de sang, de cheveux, de sueur, tout là-dedans, tout dans la blancheur moite des draps.
— En parlant de draps, il faudrait remporter ceux-là et les laver, puisque la maison ne le fait plus.
— Pour les salir en une heure de temps ?
Vexation et silence.
— Tu disais ? demande le vieux pour comme à son habitude relancer la conversation.

— Je te parle de la moiteur des draps, et tu me réponds par de la saleté. Pourquoi faut-il toujours une histoire, du feuilleton, sonner le coup de théâtre ?

— À la réflexion, j'aurais pu écrire aussi. On ne sait jamais d'où le succès peut venir. Cheminot peintre écrivain, ça sonne bien.

— Tu n'as pensé qu'à toi, voilà le malheur.

— Tu ressasses.

Ainsi meublent-ils le temps, antiennes reprises aux jours anciens, quand elle lui rend visite à l'hospice.

Hospice de mes fesses, dit-elle en sortant de là et en se remettant à marcher. Vite s'éloigner de la puanteur. S'il le pouvait, le lézard la tirerait avec elle au fond du trou. En ruine, il s'acharne à vouloir encore la torpiller. Irresponsable, les yeux levés au ciel, attendant le miracle. Grabataire, baveux, et rêveur. Cruel, tyrannique, pissant dans ses affaires, désireux qu'on les lui lave. Il l'énerve, bon Dieu qu'il l'énerve. *Pâlâlâ pâlâlâ*, voilà l'ambulance, c'est elle, gyrophare à la place de la tête et boule de terreur dans le ventre. Et lui, si lourd et dégueulasse et miséreux, jouissant du tableau. Vieillard de mes fesses ! On devrait tuer les vieux, au lieu de respirer le formol qu'ils nous jettent à la gueule. Oui, oui.

Le chemin qu'elle fait trois fois par semaine pour aller voir le vieux et en revenir lui flanque le vertige. Il lui semble qu'il n'en finira jamais. Aux prises avec elle-même, sensation cotonneuse, elle tape du pied contre l'asphalte pour se réveiller. Irrémédiablement étrangère. Exactement comme la fois où elle s'est mise dans une chaise longue et qu'elle regardait le paysage, tout en ayant la sensation d'être ridicule, enfermée dans cette chaise qui la contenait si mal.

Les seuls radeaux qui vaillent sont les nuages et la roche en dessous. Encore une image de quatre sous. Elle se souvient de sa tante Victorine, au comptoir d'un bar. Maquillée et affaissée devant sa bière. Elle entrait lui dire bonjour, avec un enthousiasme de petite fille, elle aimait bien sa tante Victorine. Son visage remontait d'un seul coup sous le sourire. La bouche débordait de rouge à lèvres, les dents étaient également rouges. Puis elle retombait dans sa bière. L'éclaircie n'avait duré que quelques secondes, mais jamais elle n'oublierait cette joie d'être soudain en terre connue – elle perdait la boule, la tante, mais parfois elle savait revenir à la surface.

Elle cogne plus fort de ses semelles contre la route. Essoufflée, elle se sent attrapée au collet, ses épaules se voûtent. Elle accélère le pas.

Une petite chambre et lui au milieu. Des gestes comme s'il peignait. La main s'élève dans les airs en tremblotant. Il prend ses mesures, éteint un œil pour mieux la voir. Sauf qu'elle ne pose plus et qu'il perd la tête. Et quand ça se rallume, il parle comme un oracle. Avec de la profondeur, la voix presque d'outre-tombe. Son corps devient pesant, déjà plein de terre. Ça lui fait du bien de le sentir aussi présent. Paradoxe. Le mot lui est venu sans qu'elle y pense. Elle est allée voir dans le dictionnaire, un minuscule dictionnaire pour un usage quotidien. Paradoxe. Ça colle avec la situation. Lui, si vieux, sur le point de partir, mais qui ne part pas et qui s'incarne parfois avec sagesse, du moins c'est ce qu'il lui semble. Elle aimerait l'écouter comme le messie.

— Tu penses que je doive me mettre à écrire ?

Elle attend la réponse, désireuse que ça se mette à parler par-delà le vieux – Dieu peut-être dans son infinie clémence. Enfin un peu de magie, enfin un peu d'espoir.

— Tu avais une belle écriture. Il a fallu que tu la gâches avec tes pattes de mouche et tes problèmes. Si au moins tu avais continué d'écrire en bleu.

— Toi et ta manie de la couleur.

— Toute ma vie a tourné autour de la couleur.

Ce genre d'affirmation la laisse bouche bée. C'est tellement beau, une affirmation. Courte, sèche, puissante.

— Alors ? s'évertue-t-elle à demander, vois-tu quelque chose de positif pour moi ? Est-ce que dans ma vie j'aurai accompli quelque chose de bien ? Les mots, peut-être ? L'écrivain du village...

Il fronce les sourcils, à la fois jaloux et curieux.

— Il pourrait me donner des cours.

— Celui de Flaubert ?

— Oui.

— Celui des conférences ?

Et ça se tait. Les volets ont été tirés pour épargner aux visiteurs – la chambre se trouve au rez-de-chaussée – la vision absurde d'une fin de vie qui s'en va cahin-caha.

Volets entrebâillés. Un rai de lumière s'étire. Sa main serre celle du vieillard, d'abord une simple pression, puis intensément, avec violence, de malheureuses griffes de poulette pénètrent dans la chair.

— Aïe, finit-il par dire.

Elle desserre l'emprise et attend. Avec une lenteur infinie, les yeux noirs, bordés de poches, dans le vague, il ânonne :

— Je te remercie... je te remercie... je te remercie...

La main de la poulette s'agrippe davantage à la sienne.

— Je te remercie de m'avoir élevé.

— Lézard !

— Je te remercie de m'avoir si bien élevé.

— Ben voyons lézard ! Et pourquoi pas du lait à la petite cuillère ?

Mais elle n'en démord pas, il va être oraculaire d'une minute à l'autre. À quoi servirait-il sinon de mourir aussi lentement ? Elle repose la question :

— À part la belle écriture, que vois-tu pour moi ?

Le vieux bruisse comme un tas de feuilles mortes.

— Ne joue pas au salaud, dit-elle en guise d'avertissement.

Il se raidit. Un œil s'ouvre de temps à autre sur la péronnelle. Un œil exorbité sur le trou d'où exhalent de drôles de questions, incongrues, bêtes. Le trou de la bouche, puis un col roulé noir, un pantalon noir, des cheveux en bataille. Une petite salope qui en veut à sa pension. L'œil se referme, le corps se tend davantage. La langue pâteuse lèche la commissure des lèvres, se dresse un instant, cherchant un peu plus de chair à nettoyer. C'est là une saine distraction. L'œil se rouvre, se referme – un trait presque.

— On reste au bord de la piscine, ou on y plonge, dit-il, énigmatique.

— Je ne comprends pas. Explique-toi. Il vaudrait mieux que je plonge, c'est ça ? Puis, pour elle-même, à voix haute : Je n'ai plus personne vraiment pour qui compter.

— Compte compter comptera.

Elle se lève et tourne les talons. Pas de porte à claquer. Si les volets sont la plupart du temps tirés, la porte, elle, est toujours ouverte, de manière à surveiller les vieux – on les attache, sitôt les visites terminées, faute de personnel.

Revenue vers lui, toujours à la même place, près de la table qui sert aux repas. Elle s'assied sur le lit aux barrières baissées. La cruelle, elle lui a ramené une brassée de fausses fleurs des champs.

— Au moins celles-ci ne faneront pas et tu pourrais peut-être...

Elle guette une réaction de sa part, le projet éventuel de reprendre la peinture, quelque chose qui le sortirait de ses bouillies et de ses couches. Elle reste bouche bée devant le vieillard pétrifié, on dirait un crocodile empaillé. Le dentier repose sur la lèvre inférieure.

— La prochaine fois, je te ramènerai du Fixodent.

Faux demi-sourire de plastique. Les yeux sont toujours dans le vague. Elle attend qu'il daigne se réjouir de sa présence. Qu'il lui demande comment elle va. Qu'il lui donne de la perspective. Un simple dodelinement de la tête lui suffirait.

— Arrête de faire le mort. Tu n'y es pas encore.

Il sursaute, sous la secousse d'une apnée.

— Et moi ? marmonne-t-elle. Et moi alors ?

Le lézard fait mine de se recoiffer à l'aide d'un peigne imaginaire. Déjà mieux. Puis avec un vaporisateur, toujours imaginaire, par de légères pressions de la poire, il s'asperge d'eau de Cologne. Il laisse le vaporisateur dans le vide, repose les mains sur ses cuisses, qu'il a bien maigres. Enfin il aperçoit la tache blanche du visage devant lui. Il tente de le toucher.

— C'est moi, lézard.

Moi moi moi, que ce mot à la bouche, qui la dégoûte, lui ferait prendre ses jambes à son cou, s'ils n'étaient tous deux dans les derniers instants. Je ne sais pas ce qu'on pourrait prélever comme organes sur un vieux, il me semble que tout est déjà fini. Elle laisse là ces pensées. Demeure assise comme une gourde figée dans l'attente, enchaînée au lézard dans son fauteuil roulant. La nuit, elle recompte son âge, se dit que non, impossible de plaire à l'écrivain. Pas même le temps de s'instruire. Pas le temps d'envisager quelques années pour ça. Pas la patience d'aller s'instruire tous les jours à la bibliothèque, pour ces mots qui lui mangent le ventre, qui viennent de la terre et lui défoncent la tête à coups de marteau, autant de clous à faire sauter du cercueil de maman. Y a-t-il une façon d'écrire cela ? Elle qui voudrait manger le ciel et le vent... Du paradoxe, murmure-t-elle, usant à tout-va de ce mot.

— Nous sommes un paradoxe, finit-elle par dire.

Ça n'atteint pas le vieux.

— Nous sommes dans le paradoxe, rectifie-t-elle.

Elle lui pince le dos de la main, en tournant vicieusement la peau, pour qu'il sente les petites aiguilles du sang le piquer. Rien. Elle lâche. La peau met du temps à recoller à l'os, signe de déshydratation.

— Faut que tu boives.

Elle approche un verre du vieux. Il détourne la tête.

— J'en suis encore là, à m'occuper de toi. On dirait que tu cherches à m'engloutir. Même quand je marche, je m'occupe de toi. Même dans le paysage, je pense à toi. Je marche plus vite, mais ton fauteuil me colle aux jambes. Tiens, ton verre d'eau. Sois raisonnable. Et puis enlève tes dents pour boire. Puisqu'elles tombent. C'est étonnant, tu les as perdues d'un coup. Ta vieillesse me ronge, elle me contamine, me gangrène. Ne compte pas sur moi pour t'ôter le dentier. Tout ça me dégoûte.

Elle repose le verre, appuie sur un bouton au bout d'un fil pour appeler quelqu'un, constate que le réveil – un cadeau de Noël de l'hospice – a les aiguilles arrêtées.

— On t'a bien eu. T'es fini. T'as dégringolé de ton âge en trois mois à peine. Je t'avais prévenu. Plus bon à rien. Mais j'ai besoin de conseils, moi. Les mots m'emplissent comme des vers depuis que tu es parti. Ça gigote, ça grouille, j'en ai les oreilles toutes bouchées. C'est nouveau. Enfin, pas vraiment.

En voyant le lézard si longtemps absent, elle le quitte sous le coup de l'inquiétude. Elle détale. Court perdre cette rumeur qui la poursuit dans les collines. Des images la coupent en morceaux, la tête laissée quelque part au détour d'un chemin, dans l'eau du lavoir, le buste dans l'herbe, les jambes et le reste allant leur chemin, les mains et les bras greffés sur les cuisses, tentant de ramasser et de rafistoler le tout pendant qu'elle marche. Une respiration et ça y est, une autre et tout échappe, une autre, une autre encore, et ça revient, ça se stabilise, la vision est floue, le cœur fait du tapage. Je m'appelle Françoise.

Elle titube et s'assied au bord du chemin. Se repose entre deux crises, deux observations à la loupe, deux emballements.

Le printemps arrangera tout ça, ma petite, avait-on coutume de lui dire. Aujourd'hui elle ne s'y méprend plus. Le printemps est aussi cruel que le ciel bleu de l'hiver. Toujours ce tralalalalalère appris à l'école, des parents pas même fichus de prononcer le mot mort devant leur progéniture. Ta maman est partie se reposer. Pourquoi sous la terre et pas dessus, allongée en plein champ, dans la pulsation fraîche du sang ? Hein, pourquoi ? Les muscles contractés et les mains qui ne veulent plus se fermer, et cette douleur à la hanche, et ces mâchoires qui broient du vide. Si seulement il n'y avait plus de mots. Que des cris qui s'accordent aux jours.

Terre grande ouverte.

La gueule du chien dans un trou du jardin. De la terre qu'elle avait enlevée pour le voir une dernière fois, elle avait sept ans. Pour lui pas besoin de cercueil ni de dalle ni de regrets, à même la terre, pas trop profondément, une terre légère et tendre qui venait d'être remuée. Elle l'enlevait pour découvrir les orbites vides. Le chien reposait – tu parles d'un repos – dans un coin, sous les feuilles luisantes et grasses du caoutchouc. Elle allait voir le temps passer sur la dépouille. À Stop, avec tout l'amour du monde. À Stop, parce qu'il s'appelait Stop et qu'il y a fort à parier qu'il était le seul chien de chasse à s'appeler ainsi.

Et maintenant ?

Cette fois, les dents sont collées. N'empêche, il n'a pas l'air normal.

— Tu disais que j'avais une belle écriture, un beau cul, tout ça.

Il la regarde. Elle ignore s'il la reconnaît ou non. Son regard se pose quelque part, juste au-dessus de sa tête. Son tee-shirt de coton blanc sent le propre – l'hospice s'est remis à laver le linge, les machines ont été réparées. La peau relâchée et délicatement plissée lui fait un cou de dindon. Visage cireux, yeux clos.

— Tiens, je t'ai amené des dentelles pour te rappeler le bon temps.

— Tout ce falbala ne m'intéresse plus.

— Mes dessous de dentelle...

— Plus rien des vitrines ne m'intéresse.

— On dirait que tu n'es jamais parti de la maison, tout est resté pareil.

Une nouveauté tout de même, elle s'est débarrassée de l'oreiller de plumes du lézard. Infesté d'acariens. On aurait dit qu'il avait pissé dessus, tant il sentait mauvais, acide. En le soulevant, un nuage de poussière s'est échappé. Le tissu s'est ouvert sur le côté, de petites mouches aux ailes vertes se sont envolées, elle a failli en avaler une, l'a recrachée aussitôt. La mouche a eu le temps de lui parfumer la bouche d'une giclée d'anis. Elle en a été vraiment très étonnée, la pourriture avait bon goût. L'oreiller a fini de se défaire dans la poubelle.

Ce qu'elle voudrait lui dire, là, tout de suite, et qui revient en boucle dans sa tête, c'est son désarroi en entrant chez l'écrivain. Un intérieur si propre, bien arrangé, au lieu de la peinture et des coulures qui ont séché n'importe où. Les livres dans la bibliothèque. Comme si chacun d'entre eux était une pensée étiquetée.

Mais ça demeure une langue morte en elle, une chair maternelle qui battra à jamais là-dedans, obscurité de la terre qui digère les viscères, et le cœur, oh oui bien sûr le cœur, depuis toujours.

— T'en as de la chance, finalement. Tu as une salle télé et des films à disposition.

Rien. Aucune réaction.

— Remarque, pour ce qu'on y passe. De quoi retomber en enfance.

Même ce registre reste inopérant.

— Faut voir le carnaval des têtes blanches dans la salle. Tu devrais y mettre un peu de couleur. Moi, c'est à grands seaux de peinture que je t'éclairerais tout ça. Et si la couleur pouvait enlever l'odeur, on ferait d'une pierre deux coups.

— Je te répète que cela ne m'intéresse pas, dit le vieux, yeux clos, tête penchée, enroulé sur lui-même.

— Tu finirais donc par mourir ?

— Oui, absolument.

Le grand drame la reprend. Son cœur bat la chamade et les vers des mots se tortillent dans son ventre.

— Fait combien de degrés ici ? Elle consulte le thermomètre. 28°. C'est pas vivable.

Tous deux replongent dans le silence, mais pas comme autrefois.

— Oh oh ?

— … …

— Oh oh ?

— … …

— Oh ?

— … …

— Oh oh ?

Il rouvre les yeux.

— Que veux-tu à la fin ?

— J'ai écouté les nouvelles à la radio. La violence gagne les campagnes. On croyait tout cantonné à la capitale. Maintenant, n'importe où, un coup de couteau est vite donné. Les infos, c'est une plaie. Ça viendrait de partout. Les égorgements, les attentats, tout ce bazar.

— Tu vois que j'avais raison, dit-il enfin revenu à lui-même. Ça me manque, la radio. Tu devrais me rapporter mon petit poste.

— Toi, tu es à l'abri.

— Tu ne risques pas grand-chose dans le bourg.

— Tu dois avoir raison. Après un temps : Me séparer de toi me fait mal. Je ne fais que penser à la mort. Elle est partout, cette fichue mort. Quand je te regarde, dans la poignée de cheveux accrochée à la brosse, dans un sac ouvert, je la vois partout, je n'arrive pas à la digérer.

— Qu'est-ce qu'il en dit, ton écrivain ?

— Je ne lui en ai pas parlé. Tu veux des billes de chocolat ?

— Non, plus rien. Je veux me débarrasser de tout ce fatras.

— Dis-moi tout de même quelque chose qui vaille. J'ai peur.

— Peur de quoi, bon Dieu !

— Peur de finir avec des mots en fontaine de sang.

— Ta mère a dû être folle. Ça doit être génétique, cette affaire.

— Un prêtre a été assassiné dans la commune voisine. C'est dire si ça se rapproche. Heureusement, j'ai les chiens. Et puis ils ont tous des carabines dans le coin. Et puis j'en ai assez de parler pour ne rien dire.

— Ton écrivain, il en pense quoi, de tout ça ?

— Décidément, ça devient une ritournelle. Mon écrivain par-ci, mon écrivain par-là. Si tu crois te défiler de cette manière. Il veut que j'écrive, c'est tout.

— Eh bien, fais-le. Tu nous casseras moins les pieds.

— Il me dit d'écrire des histoires. Je me fiche des histoires.

Une aide-soignante entre allumer le ventilateur. Pour renouveler l'air, dit-elle avant de ressortir. Les feuilles du bégonia frémissent à chaque passage d'air tiède. Le vieux commence à saliver.

— C'est bientôt l'heure du repas. J'aimerais une petite salade fraîche tomates oignons, arrosée d'huile d'olive. Ils en servent parfois.

Elle le regarde.

— Tu as perdu toute allure. Quand on pense à Rembrandt. Il savait se peindre, lui, même au bord de la tombe. Tu te souviens, tu étais fasciné par Rembrandt. Son clair-obscur, cette chandelle qui vacille... Allez, sois gentil, sois un peu oraculaire. Il paraît que les paroles clairvoyantes viennent facilement vers la fin. Qu'est-ce que je pourrais bien faire ?

— J'ai mal à l'oreille ces derniers temps. Ça serre dedans et j'ai des acouphènes. C'est nouveau, si on peut parler de nouveauté dans mon cas. Après un temps : Je regrette de ne pas avoir peint de montagne. Une vraie grosse montagne, rien qu'elle, sur la toile. C'est difficile, tu sais, de peindre une montagne. Pas comme la mer. C'est compact, massif. Un bon peintre devrait savoir faire flotter une montagne. Je n'ai pas eu le courage de m'y attaquer.

Une clochette tinte. Il recommence à saliver.

— Ah, ça y est, on va pouvoir manger.

Le vieillard tente vainement de desserrer les freins de son fauteuil roulant. L'aide-soignante entre, éteint le ventilateur. Aussitôt l'air lourd et puant retombe sur eux.

— Allez, on y va. On est content d'y aller. Allez, on va remplir tout ça.

De retour chez elle, elle verrouille portes et fenêtres, va s'affaler dans le fauteuil. Ses chiens autour flairent ses chaussures et ses mollets. Elle ramasse un journal. Depuis que le lézard est parti, elle cède à la tentation des gros titres. Elle jette le journal par terre. Frissons. Elle hésite à aller se coucher. Les spectres fourbissent leurs armes. Elle les avale déjà.

Dans son rêve, on lui donne un bébé à nourrir au fond d'une photo en noir et blanc. Bonnet de coton et petit col de dentelle. Il ouvre grand la bouche. Sa mère est sortie. Tenez, je vous le confie, comme ça vous apprendrez. La photo tremble un peu, ce n'est pas pratique. Elle mélange de la farine de sarrasin à du lait, verse le tout dans la bouche du petit. Ça se met à stagner. Il n'arrive pas à avaler. Elle court voir la mère et dit : le bébé est mort. Elle pleure à chaudes larmes. La mère ne réagit pas, puis : je m'y attendais de toute façon. Elle dit : pardon, pardon, je n'aurais pas dû entrer ici, rechercher vos gestes maternels. Voilà ce que c'est que d'être déterminée. Elle ajoute : je vais essayer de réparer les choses. Et elle se sauve, emportant la photo du bébé dans son berceau. Le niveau de lait dans la bouche a baissé. Elle appuie du gras du pouce sur la photo. Tout rentre à peu près dans l'ordre. Le bébé finit par fermer la bouche. Il sourit, l'air béat. En noir et blanc, tout vibre d'une petite vie au fond.

Elle se réveille en chantonnant.

— Bonjour, chat !

Elle se force à la bonne humeur, une vraie comédie. Bonjour, bonjour. La voix se brise. Machinalement la langue fait le tour de ses possessions. Aucune dent n'est tombée. Ça tombe si facilement, c'est tellement indolore, la gencive semble s'ouvrir et *vloum* la dent glisse, emportant son éclat de nacre rongée. Elle reprend son cirque.

— Bonjour, mon gros chat !

Quel entrain, quelle joie débordante, quel pétard mouillé. Elle tire le rideau.

— Oh, comme il fait beau !

Mièvrerie de la pensée positive appliquée à une cervelle retorse. Mais qu'importe.

En mémoire de maman cercueil, qui la regarde sans jamais rien tenter, en mémoire donc de cette mère qui n'en finit pas d'assister au désastre de sa vie, elle macule l'assiette blanche ébréchée de confiture de cerises, afin d'y voir comme une bouche dessinée au rouge à lèvres. Elle lèche l'assiette jusqu'à ce que la trace disparaisse.

De la même chair toutes les deux, se dit-elle, faites de jus de cerise. Oh, comme la vie est formidable. Un pur bonheur. Des milliers de baisers dans le pot de confiture. Tiens, c'est l'heure des éboueurs. Je me suis levée tôt. Comme c'est formidable.

Les mots maladroits de l'écrivain à son égard. Des mots qu'elle combat en continuant de chantonner, des mots qu'elle ne comprend que trop bien, qui ont vite fait de réduire le monde. Il lui a dit, ce salopard, toujours avec son sourire si doux, il lui a dit : sors de ton déterminisme. Comme elle le regardait étonnée, il a ajouté : tu es déterminée à être pauvre. Il faut que tu en sortes. Et c'était comme s'il lui annonçait le contraire, qu'elle ne s'en sortirait jamais. De quoi se cogner la tête contre les murs. Elle se tait soudain, honteuse de cet épisode. Déterminisme. Quel mot à la noix. Déterminisme. Comment s'en dépêtrer ? S'arranger tous les matins, bien s'habiller, se maquiller, et voir de quoi le vent sera fait ?

Avant d'aller se doucher et s'astiquer les dents à l'Email Diamant – faire rougir les gencives pour que le peu de dents ressortent – elle relève sa chemise de nuit, écarte les cuisses, regarde ce que le lézard appelait son *origine du monde* et qui ressemble désormais à un vieux chardon crépu parsemé de fils blancs. Elle n'ira pas bien loin avec ça.

Elle choisit sa veste blanche de fourrure synthétique. À côté de sainte Bernadette, désormais rangée sur une étagère de l'armoire, elle a posé la photo d'une paysanne. Une photo encadrée, qu'on lui a donnée dans un vide-grenier. Une belle vieille noueuse et souriante, la vie derrière soi comme un gros paquet cadeau ouvert sur des mues successives. Tenez, prenez-la, lui a dit une Parisienne, nous l'avons trouvée dans la maison que nous venons d'acheter, ce sera ça de moins à remballer. Le portrait était posé sur un escabeau de bois patiné qui, lui, n'était pas à donner. Elle est repartie, l'image d'une vie sous le bras. Une bonne vieille toute jolie encore, les cheveux gris ramassés en un chignon rapide, le regard vif. Elle pourrait faire une bonne grand-mère. Mais même en la regardant longuement, en la suppliant de lui donner quelques conseils, rien ne vient. Rien. Que le silence qui goutte, les deux chiens blancs apathiques qu'elle a échangés au refuge contre ses trois anciens, devenus trop hargneux, et son besoin de marcher.

Elle sort, son petit cul maigre serré dans un pantalon noir, une veste blanche, les yeux soulignés de rimmel, du rouge à lèvres à peu près de la même couleur que son Email Diamant.

Voilà.

Elle prend le chemin qui plonge dans la forêt. Chacun ses ennuis, pense-t-elle, sans trop savoir ce qu'elle pense. Il y a un autre mot que l'imbécile d'écrivain lui a dit, pour désigner ces mots du rien qu'elle tentait d'évoquer : ontologie. Il a voulu lui lire un extrait d'un ouvrage de philosophie.

— Je t'arrête tout de suite. La dernière fois, c'était déjà pas mal lourdingue. Des mots comme on respire, sans le savoir, sans en avoir conscience, avec toi jamais je ne me suis sentie aussi loin d'eux.

Elle marche avec cette nouvelle pierre à sucer : on-to-lo-gie.

On-to-lo-gie ou fraise tagada, du pareil au même. On-to-lo-gie ou pompe à essence. Tout ce qui lui passe par la tête, sonorités à déguster, bonbon à la menthe, ça pousse partout la menthe, du chiendent, comme les pissenlits ou les bambous.

Elle va son train, le nez sur ses baskets. Le gros orteil cogne contre la toile, petite douleur, chaque pas un petit coup, chaque pas fait fuir les animaux, renards impossibles à approcher. Elle va se perdre dans la forêt, tête en vrille, soleil qui frappe l'œil au moindre trou dans les arbres, une forêt tout étriquée, même pas bonne à prendre le large.

Elle devine une silhouette à la croisée des chemins, là où ça se complique – forêt domaniale et chasse gardée, attention pièges. Elle se souvient de la rumeur. Enfin le voilà, un jeune homme devenu, paraît-il, subitement fou. Il s'appelle Léopold, pas étonnant avec un nom comme ça. Une folie douce. Il passe son temps à marcher. Bien plus qu'elle. Il connaît les environs comme sa poche. Bruit de branches. Il tourne la tête dans sa direction. Elle avance vers lui. Il est quatre heures de l'après-midi. Ça craque sous les pas. Il la regarde un long moment, puis se remet à marcher pour lui échapper. Elle court, le dépasse et lui fait face. Une tête d'adolescent, de jolis cheveux blonds bouclés, mais une bouche épaisse et molle, des yeux bleus, l'air bête. Elle se déshabille. En un clin d'œil elle est nue. On est bien loin d'un Botticelli, pense-t-elle, mais sait-on jamais. Elle aime sa blondeur, elle l'intimide presque. Tout en la regardant, il touche sa braguette. C'est bon signe, mais Dieu qu'il a l'air niais. Pour l'inciter à davantage, elle s'allonge devant lui sur le sol de fougères qui lui piquent dos et fesses, écarte les cuisses – plus écartées, s'il te plaît, disait le lézard, ce sont les plis, tous les plis qui m'importent. Abruti. Elle ferme les yeux, sûre à présent qu'il se couchera sur elle. Elle le laisse prendre de l'avance, ne jouit pas. Ne jouit plus depuis si longtemps, ou alors si furtivement qu'il lui semble être passée à côté. Il pèse à peine, le voilà debout. Il la laisse humide, referme sa braguette, remporte ses joues peau de pêche et ses cheveux blonds. Ainsi, je peux plaire encore. Elle se rhabille. Debout, hébétée, elle regarde la forêt autour d'elle. Elle rit. On-to-lo-gie. Elle suce le mot encore et encore. On-to-lo-gie, c'est aussi rond que les perles de sueur sur la lèvre de la mère, quand il faisait chaud et qu'elle s'amusait à les crever du doigt.

Seulement des débuts d'histoire, du vide qui flotterait, tous les possibles, là, sans conclusion. Elle fait la moue. Au lycée, la façon de rendre compte d'un texte dans lequel elle marchait déjà, la tête dans l'encre, lui donnait envie de vomir. Il fallait résumer, comme si ça se résumait. Avec ces questions bêtes : ça parle de quoi, ça évoque quoi, qu'a voulu dire l'auteur, ne croyez-vous pas que. En filigrane de l'histoire, il y avait autre chose. Elle y accédait dans le silence, de cela elle était sûre. Elle accédait à une sorte d'espace intérieur, une conjugaison personnelle, des traces, des mystères. Voix des catacombes. Le corps s'écorchait à la pierre suintante d'humidité. Les mots comme des dents à tailler, une langue à user, des doigts à écraser, du verre à broyer. Avec ce mirage d'un visage souriant et maquillé, imprimé dans la cervelle, du laurier et de l'aubépine, de la myrrhe aussi, tous ces mots et toutes ces histoires qui ne l'ont jamais consolée.

Je suis seule. Comme après un tremblement de terre qui aurait englouti toutes les musiques qui servaient à endormir les enfants.

Elle marche, marche, frappe plus fort des semelles contre le sol, même si à la longue ça lui fait mal. Elle marche,

marche, dit le prénom à la fois aimé et détesté. Détesté pour la trahison, l'abandon. Christiane. Christiane comme le Christ. Maman cercueil Christiane. Christiane. Dans sa bouche ébréchée, il lui semble que ça lui râpe encore plus la langue.

Elle décide d'aller au cinéma. Ça ne peut pas être mal, un film avec le mot maman dans le titre. Si seulement les mots avaient ce pouvoir-là, de ressortir les morts, de fracasser les rires et les larmes contre les nuages, de débiter les trèfles en petits morceaux de chair, de transformer la vermine, alors elle ne serait qu'un doux vertige, le cœur et le ventre vides de désir. Elle serait le vent qui mange le ciel, mais avant de le dévorer elle le ferait onduler comme un miroir, parce que, dit-elle en se rappelant ses deux cours de catéchisme, la Création c'est ça.

2 € la place.

Pendant le film, elle ferme les yeux, espérant simplement entendre le mot maman maman maman maman – quand à l'âge de cinq ans, ça trépignait, chantonnait, sautait sur place, s'étonnait du monde, pleurait et sursautait, et surtout riait à pleine gorge au moindre câlin de maman qui penchée sur elle s'évertuait à la faire tenir debout, à accompagner l'élan de la marche tout en le freinant légèrement, c'est bien ma grosse Nouche, un pas puis un autre.

Elle se lève au générique de fin, jambes gainées de noir, veste en faux mouton, se faufile entre les mamies permanentées et voisines qui, pour certaines, ont pris soin d'amener leurs chaises pliantes – on est tout près, ça permet de laisser le peu de sièges aux autres – des mamies aux manières de grenouilles de bénitier, le poison de la bonté à fleur de bouche, le regard curieux, se poussant du coude : Tu vois qui je vois ? La sauterelle Ladier. L'écrivain est là, lui aussi. Il fait le projectionniste. Il se rend utile, il crée du lien, il vendra bientôt ses exemplaires à la sortie du cinéma, toujours ça de pris pour ses prochaines parutions, les amitiés du bourg. Oui, toujours ça de pris. Avec ses conférences à 8 € l'entrée. S'il y a vingt personnes, ça fait…, calcule-t-elle machinalement.

Maman maman maman maman maman maman cercueil ? Oh non ma-man ma-man ? Maman maman maman maman maman maman et puis c'est tout. Maman maman maman maman maman j'ai mal à ma maman maman maman maaaaaan maaaaan maman !

Quel beau film, dit une dame assez âgée, sans doute maman et grand-maman. Oui, c'est vraiment un beau film, renchérit une autre. En s'adressant au projectionniste et écrivain, les acteurs sont remarquables, on dirait du théâtre. Et ça se dépêche de rentrer à la maison. Pas pressés dans la rue, conversations qui se poursuivent.

Elle marche vite, elle aussi. Vision partielle, le regard rivé sur ses chaussures, plaques d'égout, l'asphalte, tourner à gauche, les chiens la devinent, ombre furtive et solitaire, leurs masses blanches et silencieuses derrière la vitre – au moins ceux-là sont sages. Vite, rentrer et dormir. Le vieux ne compte plus, elle en a fait son deuil, de toute façon il la reconnaît à peine. Tout juste s'il la gratifie d'un bonjour mademoiselle, tout joli cœur qu'il est resté.

Pour se détendre, avant de s'endormir, au lieu de lire – pas envie, trop fatiguée, et puis lire quoi ? – elle regarde des photos piochées au hasard, achetées trois fois rien au vide-grenier. Les photos en noir et blanc la fascinent. Elle regarde les hommes et les femmes. Eux au moins avaient des projets, cela se voit à leur façon de se tenir, et pour certains de sourire. Plus facile à décrire l'avenir quand tout est fini, il suffit de regarder la photo d'un inconnu et ça file, de l'histoire à revendre, imaginée au hasard d'une fleur à la boutonnière, d'un front, d'une bouche plissée. Le temps de la photo, l'espoir des jours attendus. C'est si simple de s'amuser quand on est ensemble dans une fête foraine et qu'on joue à être dans un avion de carton-pâte, comme ces deux jeunes femmes chapeautées, élégantes et mutines, si simple cet instant à jamais révolu, comme si les corps depuis leur joie et leur jeunesse portaient à leur insu les stigmates du dénouement. Exactement comme l'enfant qui apprend à marcher – allons ma grosse Nouche encore un pas – et s'élance, dans sa culotte bouffante, vers les rires et les jeux – car il ne pourrait en être autrement.

Qu'il est mignon, celui-ci. Costume, gilet, chemise blanche au col légèrement ouvert, coupe de cheveux impeccable, impeccable n'est peut-être pas le bon mot, fraîche ? oui, fraîche, très fraîche, cheveux ras, surtout derrière les oreilles. Au dos de la photo – elle les achète aussi pour cette correspondance brève et idéale – d'une écriture appliquée à l'encre noire, une encre qui n'a pas passé, Souvenirs affectueux, Maurice, 15 ans. Et voilà, le tour est joué, prisonnier de ses quinze ans. Sur une autre photo – celles-ci viennent parfois par séries –, la mère, replète, assise dans un fauteuil. Les pieds, chaussés, sont délicatement posés sur un coussin. Le comble du luxe, ce fauteuil, ce coussin, la robe de la dame, le costume du petit. Elle reconnaît le jeune homme, Maurice, quelques années plus tôt. Ce petit qui se tient à côté de sa mère, la preuve à donner à tous qu'on est là et bien là.

Elle se laisse tomber dans le sommeil. À chaque fois, c'est une petite mort cotonneuse.

Elle reprend corps quelques jours plus tard, un peu plus loin, accrochée plus ou moins bien à un homme qui la pelote. Elle le laisse faire, en échange d'un peu d'argent et d'une promenade dans sa petite voiture rouge. La soixantaine libidineuse, il se frotte à elle à la caisse du supermarché. Elle n'y prête pas vraiment attention. Le menton haut, elle regarde au loin. Il l'accompagne faire des courses. Elle paye ce qu'elle prend, pas question pour lui de mélanger les comptes. Elle feint un air dégagé, tandis qu'il la serre davantage. Elle cache son visage, de son côté à lui, en ramenant une mèche de cheveux sur la joue. Elle le dissuade ainsi d'y déposer un baiser, parce que ça, ça la mettrait rudement en colère. Savoir mettre des limites. On verra plus tard, sur l'oreiller, là il pourra, contre espèces sonnantes, lui imposer ses volontés.

Aujourd'hui elle hésite à prendre un grand paquet de lessive Omo. Cher, beaucoup trop cher. Elle repose le paquet, le reprend, regarde encore le prix, tandis que son nouvel abruti l'attend à la caisse. Fausses dents en or et bedaine qui déborde du pantalon. Il veut juste se serrer contre elle, encore et encore, montrer aux gens du coin qu'il peut plaire, qu'il peut jouer au petit couple avec une donzelle plus jeune qui donne le change – même si finalement, et tout le monde le sait, il l'a ramassée sur le trottoir. Il veut montrer qu'il la baise, qu'il la fait jouir. Regardez donc ses beaux cheveux noirs ramassés négligemment en chignon, une chevelure à peine éclairée de quelques fils d'argent, ses beaux yeux noirs ourlés de rimmel, elle a de l'allure quand elle veut bien se donner la peine, presque un air de princesse orientale, malgré sa bouche édentée.

C'est fou ce qu'il a l'air niais.

La passe, cinquante euros. Puis : Tu voudrais bien m'accompagner au supermarché en voiture ? S'il te plaît ? Il tient tant au « s'il te plaît ». Une voiture rouge, une Fiat, le plus petit modèle qui soit, mais bien rouge, toute neuve, de quoi refaire le monde le temps du trajet. Elle repose le paquet d'Omo. Même la lessive pour laver la boue, le temps du vieux, est hors de portée. Pourtant le linge et la maison propres lui feraient un bien fou. Toujours en revenir à la *Ménagère française*, sauf que le vieux a disparu. Il paraît qu'il n'a plus toute sa tête et qu'il mord les infirmières, on est obligé de l'attacher. Elle ne lui rend plus visite. Les premiers temps il disait qu'il était en transit entre ces murs, ce sont ses mots, en transit, comme s'il était dans un gros boyau chargé de l'évacuer, de l'expulser vers chez eux. Puis il a compris que ce ne serait pas le cas, qu'il y resterait. Il s'est mis alors à ne plus la reconnaître, à la prendre pour sa mère. Elle a tourné les talons, sans savoir si elle éprouvait du chagrin ou non. Elle ne se pose plus ce genre de questions, il vaut mieux laisser l'histoire inerte, presque inexistante, reprendre le cours des choses, comme anesthésiée, la tête vide. Elle l'oubliera bien un jour tout à fait, ce vieux qui moisit au fond de son hospice.

Elle mesure le trajet en voiture pour aller à la gare. Là, elle sauterait dans le premier train pour la capitale. Ferait mine de repartir à zéro. Sonnerait chez sa sœur, qui se verrait bien encombrée en lui ouvrant. De parfaites étrangères. Ou bien elle irait chez sa cousine... Elle hésite encore, retourne voir le paquet d'Omo sur son étagère. Elle le prend, le soupèse – il y en a tout de même pas mal pour ce prix-là – le repose. À défaut de lessive, le feu viendra un jour à bout de tout ça.

L'autre l'attend. Quand elle le rejoint, il la pelote à la caisse. Il a toujours son gros air bête. Elle baisse la tête, croise les bras, attend contre lui son tour. Il l'embrasse dans le cou.

— Vous avez votre carte Intermarché ? demande la caissière.

Elle secoue la tête en signe de dénégation. Mais lui, dit que oui. Il se dépêche de la sortir de son portefeuille.

— Il n'y a pas de petits profits, lance-t-il à la donzelle et à la caissière.

Ses dents en or font mal aux yeux. Il fait enregistrer les points sur sa carte, pendant qu'elle paye. Il la laisse ranger les courses, il ne lui viendrait même pas à l'idée d'être galant. Dans la région ça ne se fait pas trop, surtout à leur niveau, il paye et il la baise, déjà pas mal, non ?

— Dépêche-toi, lui dit-il, je suis de mariage dans deux heures. Il ne lui viendrait pas à l'esprit non plus de l'emmener à la fête. Elle lui demande pour voir.

— Non, non, pas question, on couche ensemble, c'est tout.

— Et les mains baladeuses devant tout le monde, alors ?

— Ici, ce ne sont pas mes amis. De là à t'emmener à une fête, n'insiste pas, c'est non.

— La prochaine fois, lui dit-elle pour se venger, alors qu'ils sortent du supermarché, j'augmenterai les tarifs. 70 € et 90 € avec fellation.

— Voyez-vous ça !

Il la pelote encore plus, satisfait d'avoir les moyens pour de tels caprices.

— J'en frétille déjà, dit-il, en lui souriant de tout son or.

Au lieu de prendre place dans la voiture, elle dit :

— J'ai envie de marcher. Tu n'as qu'à m'attendre devant la maison. Tu as ton journal. Ne te fais pas de souci, on aura tout le temps avant ton mariage. Il faut que je marche un peu, sinon je vais tomber. Les vertiges, tu comprends.

Mains baladeuses. Elle ne trouve plus la force de les écarter. Il ne comprend rien. Il lui glisse même la main dans la culotte, lui tripatouille les fesses. Elle ne bronche pas. Baiser baveux, prometteur de bien d'autres choses, dans le cou. Elle le laisse faire, puis se dégage.

— À tout à l'heure.

Elle marche, la nausée aux lèvres.

Si tu avais le bourg à décrire, tu en dirais quoi ?

Bâti comme n'importe quel autre bourg de la région. Sous un ciel gris. Des routes refaites, des fleurs aux balcons, quelques fiertés des siècles passés. Deux ou trois voitures de collection, des enseignes qui ont persisté, « Bar-restaurant » au-dessus d'une boutique devenue maison, comme « Boucherie » au-dessus de chez moi. Des rues la plupart du temps désertes, tous derrière leurs rideaux, à regarder à travers au moindre pas. Au début on y est pour avoir la paix. Faut déjà que ça ne tourne pas bien rond dans la caboche ou qu'on n'ait pas grand-chose dans les poches, pour venir s'installer ici. Plus question d'en sortir après, le moindre bruit vous vrille les oreilles, le moindre sourire vous paraît suspect, chacun chez soi, dans ses affaires. Voilà ce que j'en dirais. Les vélos des vacanciers posés contre les murs sont peut-être les seules touches riantes. Comme des notes de musique, s'il faut une image. Un bourg comme un autre. Tristesse, ennui, ragots. Volets fermés vers les dix-huit heures, plus tôt en hiver. Le vendredi, le poissonnier est seul sur la place. Après deux, trois heures d'attente pour deux, trois vieilles dames, il remballe son poisson mort. Et le samedi, le maraîcher ramène ses fruits et légumes à moitié pourris, certaines courgettes enflées comme des rats crevés. Je dirais quand même que toute la haine semble avoir été précipitée là, dans ce bourg apparemment si tranquille, une grosse bourrasque terrée, qui menace de lever. Oui, voilà ce que je dirais. Mais je ne m'étendrais pas plus. Géraniums sur le rebord des fenêtres. Gâteaux du dimanche, le 14 Juillet et ses flonflons, le 15 Août à peu près pareil, feu d'artifice, fête foraine, le boudin au mètre, les gueules violettes, les mamies aussi ont le nez qui bourgeonne. Les voisins qui tentent de bien s'entendre et finissent par se détester. Chacun son paillasson. Tenez, une nouveauté: le prieuré vient d'être transformé en pizzeria. Et sur la note du maire, placardée sur le panneau municipal, on se réjouit de la création d'un nouveau cours de peinture sur torchon. Les haut-parleurs diffusent de la musique le samedi et le dimanche, comme dans n'importe quel bourg ou village qui a les moyens, ça casse les oreilles, mais enfin il faut bien donner un petit air à fredonner, un semblant de joie. On fume au bistrot malgré l'interdiction, ce n'est pas ici qu'il y aura un contrôle, tout le monde est de mèche, tout le monde a envie de fumer au café, on nous casse les pieds avec toutes ces lois – lieu public, lieu public, oui, mais c'est aussi chez nous. Ça vote n'importe comment, mais ça ne nous regarde pas, le secret de l'isoloir n'est pas fait pour les chiens. Des tilleuls centenaires ont été arrachés pour goudronner la grande place. C'est plus pratique, les voitures s'y garent plus facilement, les emplacements ont été délimités à la peinture blanche. C'est plus pratique, c'est moche aussi, mais tout le monde s'en fiche, de la beauté des choses. Autre curiosité, un couvent, dans les hauteurs. Le savoir là me fait du bien. Je peux même dire que ça me rend plus sage, sitôt que je m'arrête dans les parages. Je ne pense plus à rien, l'image des moniales en contemplation me berce.

Le reste, vous le savez déjà.

Et ton histoire, tu en dirais quoi ?

Je ne sais pas. Pas grand-chose. Non, je ne vois pas grand-chose à en dire.

Il n'y a plus rien que la route sur laquelle elle marche, emportant son paquet de vie, la terre profonde toujours ouverte sous elle. Elle a laissé une toile du lézard en vitrine. Des voiliers aussi maladroits que s'ils avaient été peints par un enfant. La ligne d'horizon tremblotante au-dessus. Un paysage inaccessible. Le vieux ne compte plus, sa place au cimetière est prête. Elle ne décrira pas le cimetière, ça ne l'intéresse pas. Elle marche, marche. Pour corser l'affaire, il commence à faire nuit. Elle peut bien se perdre, qui s'en préoccuperait ? Pas même l'autre imbécile qui l'attendra un moment devant chez elle, dans sa voiture rouge, puis qui repartira. Qui est-elle, pour qu'on s'y intéresse ? Allons, ma petite, il est bien temps de disparaître.

Elle marche avec tous ces mots inutiles qui lui serrent la poitrine, tous ces mots pour ce pas grand-chose.

CHEZ LE MÊME ÉDITEUR

Julien d'Abrigeon
Sombre aux abords

Robert Alexis
Le Renvers

Yan Allegret
Les Enfants éblouis

Philippe Annocque
Liquide
Monsieur Le Comte au pied de la lettre
Rien (qu'une affaire de regard)
Pas Liev
Élise et Lise
Seule la nuit tombe dans ses bras
Les Singes rouges

Bettina Balàka
Murmures de glace

Nick Barlay
La Femme d'un homme qui

Pierre Barrault
Catastrophes

John Berger
La Tenda rouge de Bologne

Nella Bielski
C'était l'an 42

Luc Blanvillain
Le Répondeur

Julien Bosc
Le Corps de la langue

Lionel Bourg
L'Engendrement
L'Horizon partagé
C'est là que j'ai vécu

Kate Braverman
Lithium pour Médée
Bleu éperdument

Rolf Dieter Brinkmann
Rome, regards

Mathieu Brosseau
Chaos

Ron Butlin
Le Son de ma voix
Visites de nuit

Arno Camenisch
Derrière la gare
Ustrinkata
Sez Ner

Manuel Candré
Des voix

Pierre Cendors
L'Énigmaire
Minuit en mon silence

Jonathan Coe
B.S. Johnson, histoire d'un éléphant fougueux

Marie Cosnay
À notre humanité

Didier da Silva
Dans la nuit du 4 au 5

Denis Decourchelle
La Persistance du froid

Paul Desalmand
Le Pilon

Caroline Deyns
Trencadis

Karsten Dümmel
Le Dossier Robert
Le Temps des immortelles

Anna Dubosc
Bruit dedans

Miguel Duplan
Un long silence de carnaval

Maria Efstathiadi
Hôtel rouge

Eva Figes
La Version de Nelly

Frédéric Fiolof
La Magie dans les villes
Finir les restes

Marie Frering
Désirée
L'Ombre des montagnes

Eleonore Frey
En route vers Okhotsk

Mihàlis Ganas
Quelques femmes

Undine Gruenter
La Cache du Minotaure
Le Jardin clos

John Herdman
Imelda
La Confession

Paulus Hochgatterer
Brève histoire de pêche à la mouche
La Douceur de la vie

Victoria Horton
Grand Ménage
Attachements

Chrìstos Ikònomou
Ça va aller, tu vas voir
Le salut viendra de la mer

Reinhard Jirgl
Les Inachevés
Renégat, roman du temps nerveux
Le Silence

B.S. Johnson
R.A.S. Infirmière-Chef, une comédie gériatrique
Christie Malry règle ses comptes
Chalut
Albert Angelo
Les Malchanceux

Gabriel Josipovici
Moo Pak
Tout passe
Goldberg: Variations
Infini – l'histoire d'un moment
Dans le jardin d'un hôtel
Hotel Andromeda

Jacques Josse
Cloués au port
Le Manège des oubliés

Anne Karen
Rouge encor du baiser de la reine

Michel Karpinski
La Sortie au jour

Besik Kharanaouli
Le Livre d'Amba Besarion

Mènis Koumandaréas
La Femme du métro
Le Beau Capitaine
Mauvais anges
La Verrerie

Alain Lacroix
Constellation

Jérôme Lafargue
L'Ami Butler
Dans les ombres sylvestres
L'Année de l'hippocampe
En territoire Auriaba
Le temps est à l'orage

Erwan Larher
Marguerite n'aime pas ses fesses
Le livre que je ne voulais pas écrire
Pourquoi les hommes fuient ?
Indésirable

Michael Lentz
Mourir de mère

Christophe Levaux
La Disparition de la chasse

Hans Limon
Poéticide

Leopoldo Lugones
Les Forces étranges

Christoph Meckel
Portrait-robot. Mon père /
Portrait-robot. Ma mère

Rafael Menjívar Ochoa
Le directeur n'aime pas les cadavres
Ma voix est un mensonge

Annette Mingels
Romantiques

Marcel Moreau
À dos de Dieu

Stéphane Padovani
La Veilleuse
L'Autre Vie de Valérie Straub
Le Bleu du ciel est déjà en eux

Yànnis Palavos
Blague

Robert Perchan
La Chorée de Perchan

Claudio Piersanti
Enrico Metz rentre chez lui

Éric Plamondon
Taqawan
Oyana
Aller aux fraises

Cécile Portier
De toutes pièces

Horacio Quiroga
Les Persécutés &
Histoire d'un amour trouble

Benoît Reiss
L'Anglais volant

Monique Rivet
Le Cahier d'Alberto

Vedrana Rudan
Rage

Maïca Sanconie
Amor
De troublants détours
Le Bord du ciel

Gregor Sander
Retour à Budapest

Ersi Sotiropoulos
Dompter la bête

Julien Syrac
Berlin on-off

Laurence Teper
Un cadenas sur le cœur

Pierre Terzian
Crevasse
Ça fait longtemps qu'on s'est jamais connu

Bruno Testa
Dépression tropicale
L'Adoption

David M. Thomas
Un plat de sang andalou
Nos yeux maudits

Pär Thörn
Le Chronométreur

Nils Trede
La Vie pétrifiée

Yannis Tsirbas
Victoria n'existe pas

Arelis Uribe
Les Bâtardes

Stéphane Vanderhaeghe
Charøgnards
À tous les airs

Romain Verger
Zones sensibles
Grande Ourse
Forêts noires

Olivier Vigna
L'Appendice des jours

Marc Villemain
Le Pourceau, le Diable et la Putain

Michel Vittoz
Danses du destin

Gabrielle Wittkop
Hemlock (à travers les meurtrières)

Catherine Ysmal
Irène, Nestor et la Vérité
À vous tous, je rends la couronne

Zyrànna Zatèli
Le Vent d'Anatolie

Composition de main de maître : L'Amiral.
Finesse de relecture et correction : Édith Noublanche.
Fidèle arpenteur libraires : Christophe Grossi.
Relations presse : Do it yourself.
Diffusion et distribution : Harmonia Mundi *livre*.
Commercialisation et prodiges : votre libraire.

Un roman floralement illustré par Claire Dubois-Montreynaud
et mis en scène par Hugues Vollant.

dans le vide, dans l'espace mental ressemblant à un gouffre
Achevé d'imprimer dans l'U.E. en juin 2021
pour le compte de Quidam éditeur à Meudon.